U0033289

甯文創印記

閒步・梵行・奇幻・蔬食・塔羅

—餐桌裡的情色—

食色故事

Sensual Vision of Cooking

Alice N.H Chen

陳念萱◎著

Ning Publication

自序

異國食色風情畫

會動念頭寫這本書，是我在幾次饗宴賓客後，在自己的廚房裡突發異想：人與人之間的情感，若從廚房開始，應該會有一個較長遠的期待關係，不論那未來的發展是甚麼，進了肚腸的情感酵素是無法排泄的，我這樣相信……

總覺得男人始終不明白女人，因為女人在意的事情很細微，小到無法察覺也無法再去詮釋或表達，很可能只是一個小小的動作，或者是一句再也想不起來的廢話，卻永恆地烙上了她的心窩，怎麼也抹不掉了……而她，默默地試圖擦拭，卻不願也無法向那個闖禍的男人說明……也許，就算說，也是說不清的了……為了避免在傷口上多刮幾刀，還是緘默的好，妳說呢？

這幾個故事發生的時間、地點與背景都完全不同，但那女人的心，卻是同樣在不同的餐桌下淌著擦拭不了的『誤解』……

我是個走進廚房就活過來的人，彷彿火爐可以煨暖我的靈魂，而不是我的腸胃。我喜歡餵養食客，看著人享受我突發奇想製造出來的食物，好像滿足了我先天做不了母親的缺憾。

總覺得廚房裡的魔術，可以讓許多事情發酵⋯⋯

從買菜到洗菜、做菜，以及吃飯時的氣氛佈置，這整個過程可以像是準備一場婚禮，不管這婚禮之後是否幸福，至少，這場饗宴應該要有如許的浪漫，這樣，才不辜負了廚娘全心全意的籌備⋯⋯

這本書裡的幾個故事，都是餐桌裡發酵的情感⋯⋯

有情有色，但這情像陣煙般虛幻，而色，也只是剎那間的饗宴。

我不想妳太認真，卻又很希望妳認真。嗯！我想我希望妳不要對人事變化太認真，卻要妳對蔬菜水果很認真，只有這樣，妳才會活得健康又美麗，而我們的生活中，就會多幾幅好看的畫面。就拜託啦！

目錄

第二部　食色小品

第一部

食色小說

食色餐廳

那道門，
不像是要讓人推開似的，
人跡查查。
幾次路過想進去，
也是被牆上幾筆不太真實的字跡嚇阻好奇……

誰也沒發現，就那麼神不知鬼不覺地，台北市平空多出了一家門面詭異的餐廳，紅艷艷的大門，以英式黑漆雕花欄杆環抱鑲嵌，像是豪門宅第，內院則幽深緊密地種滿了三尺高的孟宗竹，鮮毛茸茸草皮上，飛灑黃嫩嬌氣的雛菊，石塊路徑旁浚流著小溪，水濺出金黃閃爍的游魚，好不活絡。

說也奇怪，從敦化南路拐進安和路時，立刻能看見那誘惑艷媚的鮮活色彩，卻沒能吸引人進去探個究竟，明明門口就掛個秀氣的招牌，飛舞的瘦金體寫著：『竹園食色小館』，落款：『江南小菜入饕餮之門』，那幾個字，彷彿苑裡竹葉的燙貼落筆，抖動著翠綠綠的刀鋒，與細密的竹林襯底相輝映，氣勢撩人，怎麼也無法相信這畫面不是海市蜃樓。

也許，就因為寫得太文謅謅，反而嚇跑了想吃飯的人。那道門，不像是要讓人推開似地，人跡杳杳。幾次路過想進去，也是被牆上幾筆不太真實的字跡給嚇阻了好奇，文軒這樣想著。

終於，再也不願意擱著這片隨手即可揭去的面紗，那日，從敦南捷運出口上來往誠品書店的方向走，正好曬得慌，就這麼被翠閃熠熠的竹林給吸引了過去，一旁的溪流雖小，卻適時地解除著酷熱。文軒推門時，心底浮泛出強烈的虛無感，這門竟然是可以推得開的！

穿越石徑，一路跟著溪流，大大小小的金黃、雪白、橘紅鯉魚，快樂地拍打著水波，像是在引路似地，不知不覺間，眼前赫然出現一個雕琢細緻的竹屋，彷彿轉換時空，文軒懷疑是到了宋朝哪一位文豪的門第？每一節竹片都鑲嵌著雲朵圖騰木框，似乎在告知來客：「準備好騰雲駕霧吧！」想起那年在杭州看到的宅邸，心裡流過一片古老年華的光影，絮絮叨叨地陳列著舊時幻景，好不神傷。

踩上竹屋前的如意形石階，流水一樣的豎琴音質溜滑出波浪滔滔的錦緞綢聲，文軒彷若置身宮廷，這才發現深色木門上寫滿了密密麻麻的引言：「歡迎光臨！請按指示選擇您今天期盼的飲食方式⋯⋯」還好肚子並非十分飢餓，要閱讀完這漫長的索引才有飯吃，早就餓昏了，哪兒還有餘興點餐！？

抱怨著，仍忍不住伸手撫摸那字跡活躍如墨汁未乾的揮灑，文軒其實是感嘆這文字讓人著迷的魔力，不免恨意邈邈地抒發：「如何得有如此美麗曼妙的書寫，竟流落到市井餐苑裡？」

未料，才一觸碰，那木製質感的牆壁畫面整個轉換，文軒差點兒跌落小溪流，踉蹌了兩步，根本不記得是碰了哪一個字，適巧，整個牆面呈現了文軒最愛吃的各種家常小菜，光瞧著，就讓人垂涎，肚子更加餓起來，可還沒找到入口呢！這才瞧見了那嚇人一跳如真似幻的螢幕，有一圈各種圖騰式突起的按鈕，很顯然，這些按鈕指明了去處。

一碟翠玉般的『撇藍』，漂著梅花似的艷紅，吸引文軒的指頭輕巧落下，四分之一的牆面就出現了這道『撇藍』的製作過程，從採集、切洗到拌料的擷取，雖未見到大廚的臉孔，反越顯菜餚變化的清晰，色彩明亮得幾乎要落出水來。文軒忙不迭地點下了『乾絲玉芽』、『芥末涼粉』、『蜜汁山藥』、『蓮豆搶珠』、『黃瓜翠瓣』、『醬燒苦瓜』、『油鬧腐皮』、『綠竹攀紅』、『鮮菇嫩腐』、『火燒紫紅雙茄』、『春夏小森林』⋯這些炎炎夏日的開胃小菜，經過及時新鮮的烹調演化，五顏六色地一掃七月烈日火氣。文軒又按下了主菜、燉品、甜點，發現菜單裡還有國別，舉凡中、日、法、義等名餚到墨西哥、摩洛哥、埃及、土耳其、印度、越南、馬來西亞等菜餚都可以選取，看得文軒從食慾翻騰乃至拍案驚奇，難不成到了食品展覽館？去了幾十個國家旅行，走遍無數城市，也未見過如此詳盡豐富的菜單。更妙的是菜單有多重語文選擇，還可應要求作更詳盡的介紹，包括菜餚的演進歷史乃至材料發源地以及各種作料的特質，就連各國名廚簡介以及成名作品也巨細靡遺地說明，甚至人人諱言的家傳食譜，亦詳盡列明了製作方式。

文軒看得眼花撩亂卻停不下手，直到累了，才隱約發現腳底下的音樂居然跟隨著牆面的轉變而切換，至此，文軒的耳際已經不知漂流過多少異國風情的古典音符，彷佛置身在遙遠的外行星上，時空不斷地被傳遞流放⋯⋯而時光流逝已飄出了文軒的腦海，這當下，恐怕站立了好幾個小時⋯⋯

忽而暈得往前跨出一步，那道門軋然而開，迎面出現花木扶疏的大廳，半人高的竹籬屏風，讓人可以清楚瞧見每間雅座裡的擺設，各種叫人目不暇給的異國風情，居然可以協調地裝置在一塊兒，毫不突兀。文軒雖一眼就相中了『竹中竹』那區雅座，此時飢腸轆轆又腳酸腿疼地，仍無法制止自己的好奇去刻意經過了幾張美輪美奐的餐桌。無論如何，文軒歸結出一個『竹園食色小館』的特質：有花有草，即使是歐洲風情的設置，也要在講究的桌巾上弄些枝枝葉葉來妝點，這家館子的主人真正是無草不歡哪！

走進最裡間的『竹中竹』，又現出格外的天外有天，竹籬屏風上掛著龍飛鳳舞的瘦金體『竹中竹』掛牌，那字跡像是竹葉自己飛上去書寫似地勁道十足，若要說是竹仙寫的，文軒也不會反對。疲倦已極的文軒看到臥榻，想也不想地爬了上去，一路走來，沒見到半個人影，若非倦極，要不逃走，也該弄清楚。文軒沒有多想的力氣，小竹屋輕輕飄著流水滑過石塊與叢林的樂音，舒緩著文軒沿途走來的焦躁。

緩過一口氣來，見炕上的竹桌擺了一杯透涼透涼的清水，文軒一口喝下，嘴裡除了新鮮檸檬香，還殘留了隱約的蜜甜與多種果香，頓時精神大振，這才瞧見桌面的圖騰與屋外大門牆面上的邊框一模一樣。文軒只要按圖索驥，就可以按照自己的時間次序取得想要的食物，選取完畢，右上角的紅色按鈕一但按下，桌面打開後，桌面下自然會上呈裝置好的食物，完全自動化。

每回一觸碰桌面，就立刻轉換成螢幕說明畫面，詳細呈現整個點餐用餐的示範，若嫌囉唆，也可再隨意觸碰制止。這說明甚至包括了整個餐廳的製作流程，餐廳地底下有十幾層，分別是倉儲、自動化廚房乃至自動化有機生產溫室以及與各產地的網路採購連線，電腦會將每日消耗計算演變成程式，自動下單採購，確保顧客食用的餐點都是最佳狀況的新鮮。

至於，這家餐廳的主人，卻並未如期待的出現在任何一個畫面裡，就連說明的過程也未曾出現一個人影，反倒冷清得引起文軒『鬼影幢幢』的猜疑。

這麼大膽闖進來，早知如此，應該多邀幾個同伴進來享用才是。

一動念間，右下角一個閃閃發亮的藍色按鈕顯示『須知』的隸書字體在暗示著。向來討厭守規矩的文軒只好把手挪過去，桌面出現了軟中帶硬的標楷體：訪客須知，非常客氣地道歉說明顧客必須遵守的幾項遊戲規則，也很體貼地列明訂定規則的原因，第一條即是：訪客必須獨來獨往，不便呼朋引伴同桌飲食。文軒看不出這項規定的道理，不外乎是目前配備無法提供每次多人的服務等等，希望未來能改進，卻又歡迎廣為宣傳。腦袋無法不複雜的文軒心裡立即猜測：這頑皮的主人必然有古怪，如此先進的設計，不可能連這點兒小問題都解決不了，要不，他老兄就是孤僻，不習慣吵雜，故意隨便編排個理由，禮貌性阻隔了喧鬧。

朋友不多的文軒，挺能意會這種心理，也就沒有繼續研究下去。

既然主人標榜『江南小菜入饕餮之門』，文軒自然是要試試這套機械化廚房的功力了。點下『嗆蟹』、『毛豆』做開胃小菜，卻要了冰的日本清酒佐餐，又點了要求十分鐘後上菜的『無錫排骨』、『紅燒獅子頭』、『雪菜百頁』、『醋溜黃魚』、『炒三絲』與『白粥』。畫面立時出現了：由於訪客單獨進食，已經選取多樣餐點，本店將酌量提供。文軒詫異這機器居然還會思考，不免失笑……

一分鐘內，竹製的平滑桌面螢幕出現取得『嗆蟹』、『毛豆』與日本清酒的過程，桌面打開前預先出現寺院似的警鐘，與竹屋內的流水音樂互相呼應，文軒自動地往臥榻躺靠，眨眼間，兩碟小菜與青磁酒瓶酒杯已出現在桌上，還搭配著附上有青磁架著的白玉質地筷子，實在看不出材質，握在手裡輕巧好使。『嗆蟹』入口即化，理當醃漬超過一年，卻又不合情理，鮮度是當季的，那『毛豆』果然江南，沒有蔥蒜的腥臭，更沒有西部蠻夷的辛辣，老老實實地翠綠香甜，完全原味兒呈現，材料自然是要選得好。握起冰涼的青磁瓶，嘴裡嚼著餘味，將沁香的甘露倒入蘭花釉磁杯裡，入口溫潤回甘，醒神又餘韻不絕，不似溫酒過甜而渾沌。

文軒不忘眼角瞄著左上角的時鐘與定時器，一秒不差地，十分鐘後，桌面照樣一一呈現取菜過程，先是換下先前的餐具，轉眼端出了餘煙裊裊的『無錫排骨』、『紅燒獅子頭』、『雪菜百頁』、『醋溜黃魚』與『炒三絲』。

紅艷閃亮的三塊排骨，整齊地裝在淡綠色的磁碟上，盤緣放朵白色的蝴蝶蘭裝飾，蘭花下堆疊了一叢鮮綠的莚荽，葉片仍閃爍著水氣，葉緣的細緻稜角彷彿在告知自己剛剛被採擷，仍毫髮無傷地上桌。

一糰粉嫩粉嫩的肉丸子躺在蔥玉般柔軟的白菜上，油洸洸地讓人垂涎。

象牙白皮遊走在翠綠浮萍間，玉珠滾滾戲煙塵，就是這道『雪菜百頁』映入眼簾的影像，雪裡紅被剁得細碎，仍保持著該有的碧綠，而毛豆更是嫩滑地綠意盎然，白果、蓮子入口就癱瘓，必然是下鍋前就講究地料理過了。

看到『醋溜黃魚』的橘紅如此亮麗，文軒忍不住用剛上手的筷子沾了一下，果然是用新鮮的番茄燉煮熬製，酸度是用檸檬加強的，另外添了水果醋提味，魚骨頭已經熬稣，定是過了油，再加上冰糖的熬煉，自然油膩得銷魂蝕骨。

製作『炒三絲』的過程裡，文軒注意到螢幕上說明這道菜的配料因為訪客的菜單而作了小改變，因為文軒點選的菜單過於油膩，因此自動化廚房擅自更改成涼炒，以免破壞客人的口感而留下遺憾的映像。這道菜是用截頭去尾的綠豆芽川燙去腥，拌上切得極細的五香乾絲與包心菜絲，再捲入細絲青、紅椒與甜椒，果然爽口去油膩。

文軒端起『白粥』享用時，已經嘴溢葷腥，未料，這看來平凡無奇的『白粥』，居然是用干貝、貝母與銀耳熬製湯汁燉煮出來的，潤口消食，舒心醒肺，直感身心俱化，不由自主地癱到棉質的軟墊上，又發現這軟墊的布片舒適薄柔，卻又挺拔有張力而色澤明亮，顯然是揉雜了麻製品。

飽足思淫欲，一點兒也沒錯，眼下文軒酒足飯飽，軟綿綿地充滿了肉體的溫潤遐想，四下無人，依然讓文軒汗顏，臉頰居然泛紅，不知是否酒精的後勁兒到了，自己好笑起來。

停筷良久，一聲警鐘響起，桌面下陷，收走了文軒製造的杯盤狼藉，端來一杯進門就喝過的美味清水。畫面詢問訪客需要的飲料與甜品，雖見一桌琳瑯滿目，此時此刻再也消受不起，文軒要了壺龍井，解解滿肚葷食，醒一下腦海裡徘徊不絕的香豔刺激。

稍事休憩，文軒點下買單，輸入信用卡資料，再用手指頭在螢幕上簽字，金融連線確認後，便起身走出這難得一見的獨行饗宴。心裡盤算著，一定還要再回來嚐嚐其他的異國美食，順便學兩手絕活，文軒喜歡下廚，怎可錯過這難得的免費廚藝教學。更何況，裡面還有更大的好奇，等著文軒去挖掘呢！這避不見面的主人，以及必須有人經常打理維護的空間，不可能永遠空置著。

捉迷藏的陷阱總是引人嚮往，越危險懸疑，誘惑越大。

不知為甚麼，文軒並沒有廣為宣傳，雖然號稱老饕的朋友不少，甚至其中也有廚藝不凡的箇中好手。他想先熟悉這有如仙境一樣的地方，也許，這夢幻般的一餐果真是夢呢？真要找一票人去，那地方居然不存在，可不烙下話柄，自己成了精神病發，一輩子也洗刷不清。文軒曾經故意找朋友經過那兒好幾次，還真沒人好奇地提議進去一探風光，即使文軒故意在門口停下閒磕牙，都未能成功地誘發注意，只好作罷。

反正那一餐說來教人難以置信，居然只花了五百塊錢不到。那麼富麗堂皇又巧奪天工的裝潢，如此精緻又先進的烹調方式，原本文軒吃了秤陀鐵了心，打算閉著眼睛付錢，怎麼也沒想到是這樣便宜。如此一來，文軒大可以經常造訪。

一年下來，只要沒有酬酢宴會，文軒就往『竹園食色小館』跑，好像偷偷會情人似地，每回都喜孜孜地瞞著人去，剛開始還以為自己是定期夢遊。說巧不巧地，文軒每回飽餐一頓出來，都已夜深人靜，住得不遠，只有兩站捷運，也就散步回家，順便消化一下那目眩神迷的銷魂晚宴。這麼形容，一點兒也不過火，每星期兩三次的造訪，文軒從未嚐過重複的菜餚，連餐具和擺設都截然不同，即使偶而刻意在日本料理的菜單上加一道曾經點過的西餐，那道西餐的口味與裝置也都搭配著當天的菜單而調整過，絕不重複，彷彿文軒的過訪已留下了食客紀錄。

文軒就這麼與螢幕玩遊戲，好似裡面住了一位掩埋身分的隱形人，互不見面，卻越來越熟悉彼此的脾氣，除了吃飯，也開始玩弄文字遊戲，辯論文字與圖騰畫面的對應關係，已經膽子倍增的文軒慢慢地顯露挑剔特質，戲弄菜單名號與菜餚名不符實，有時居然也騙得了免費的一餐，『機器』就是機器，老實得緊。

已經不知道吃了多少種世界名餚，文軒不再懷疑『竹園食色小館』的真實存在，卻仍然沒有通知諸親好友。這回，他擔心的是如何陳述。連老闆的底細都沒弄清楚就告知眾人，刁鑽伶俐的一世英名豈不毀了。

也許，從害怕孤單，已演變成獨享的樂趣，文軒不願破壞這番享受的寧靜，讓仙境進化成鬧市，文軒怎麼也無法承受，雖然地球的每一塊土地都是如此進化的。

熟稔的好處就是可以好整以暇地出擊。文軒選了黃道吉日，無論如何也要逼出隱形人。

嗅出『機器』對文軒產生了無法遮掩的好奇，確認那『機器』有生命特質以後，他一點一點地餵養，循序漸進地逮到了『機器』說出人話來：「您府上有沒有祖譜？」嘿嘿！機器怎麼會對祖譜有興趣，文軒按耐住興奮答覆：「有是有的，可我不能掃描給您看，因為傳了一千多年，紙質已經非常脆弱，封在真空包裝裡。我們家族每一個人一生當中只能打開一次，就是結婚又生子的那天。」

按照『機器』的理論：對食譜有不可理喻的偏好者，一定來自於書香門第久遠的家族，文軒骨子裡埋著祖先的饕餮蟲，『機器』想要認識文軒的祖先。

這一來一往，雙方開始談條件。文軒願意打破慣例，大費周章地開封掃描祖譜再重新包裝回去，但是『機器』必須先讓文軒見到『竹園食色小館』的主人，文軒認為那與自己對話的『機器』就是主人自己，也就老實不客氣地要求了。

螢幕突然停格良久⋯⋯文軒等得心跳加速，懊悔剛才太直接，應該先要求入虎穴，參觀完地底餐廚工廠再說，進了殿堂，不難找出切入破綻，一下子封死了接觸點，失去聯繫事小，若要犯了忌諱，往後吃不著珍奇百味可難過了。這些日子以來，文軒的嘴被養刁了，越想越讓人心慌起來⋯⋯文軒喝著碧綠的竹葉薄荷檸檬蜜汁，遮掩自己的慌亂。他早就懷疑這封閉空間定然隱藏著攝影機，敵暗我明地，非常不公平，自己自投羅網，卻又能夠如何。

「並非不願見你，這有相當的困難，你恐怕耗盡好幾輩子的積蓄也見不著我……」室外忽然下起細雨，滴滴答答地伴著螢幕上的哀怨……

畫面呈現出宇宙星系，螢幕將星系軸線一路畫出數字長到無法立即辨識的光年外，文軒是個標準數字白痴，根本無法理解箇中意義，然後閃亮的軸線停留在一個嫩芽綠的光球裡，裡面包著看似花團錦簇的庭院，一個若隱若現的影子向文軒揮了一下手便消失了……

「我很想拜訪你，但是目前燃料不足……」

『機器』是經過網際網路的連線，找到各行各業為自己完成了這座『竹園食色小館』，再透過網路金融作業方式，取巧地擺平了帳單。至於裝潢維修，則是每個月找不同的裝修公司清理，因此，總讓人有『不停地換東家』，尚未開業的假想，這年頭，人人忙碌，誰也沒想到去追究這家餐廳何時開張。

那天，若不是文軒耐心地看門板看到累，不小心往前踏出那關鍵性的一步，這門始終未開啟過。

「我想收集地球上古往今來所有的食譜，藉由『竹園食色小館』的實驗，紀錄在資料庫裡，你就這麼闖了進來，我也剛好拿你當試驗，沒想到，你是最好的測試員，我相信你的祖先們一定累積了不少的佳作，喜歡吃，味覺靈敏又挑剔，沒有世代門庭的積累，無法養出這樣刁鑽的後代⋯⋯」呵！這傢伙還真不客氣，文軒是又生氣又得意地不知該如何回應。

「你怎麼知道我自己懂得烹調？」文軒好奇地問。

「有天，你點餐後，忽然要求仔細觀察『粉蒸肉』的製作過程，你停格圈選的位置與時間長短，告訴我許多訊息，你知道好幾種做法，對不對？」嗯！與電腦交手的壞處就是這樣的下場，甚麼都記得清清楚楚。文軒不得不感嘆，卻也很高興因此引起『機器』對自己的興趣。

「我父親最擅長的一道菜就是『粉蒸肉』，他自己嘴饞，常常試著用不同作料與火候烹調出各種滋味，再加上戰亂的南征北討，增長了各家長短的見識，又多出許多創意⋯，但是你要我的祖譜做甚麼？」

「我可以根據你的祖譜，輸入年代名號後，就可以查出當時的生活狀況，並且找出日常飲食的烹飪方式。我們有非常龐大的資料庫，但是沒有經過分類整理，很難運用…」

哇！這不是入了寶山嗎？文軒張口結舌，不亞於吃到『冰敷玉腐』的感受。

「其實我並不真的那麼寶貝我的祖譜，只不過變成了唯一能夠跟你交換的條件而已，剛才沒看清楚您的長相，你的花園似乎很美，可以讓我再看得清楚一點嗎？」

「我可以把『竹園食色小館』送給你經營，甚至願意跟你保持聯繫，幫你做網路連線買賣，我知道你對科技並不擅長，其實，我如果想擴大資訊收集，還真是需要一個值得信賴的人來實際操作這家館子，我們可以互助，你覺得如何？」文軒滿腦袋的遐想，一時會意不過來，愣了好久…

「把館子送給我？為甚麼？我沒錢買你的館子呢！」書寫完才想起『機器』根本不需要他的錢，當下懊悔自己這麼小家子氣，唉！塵世的濁氣呀！

「你需要錢嗎？這家館子可以幫你賺錢。但你必須答應我保守秘密，否則我隨時可以毀掉這家館子。」為了一睹廬山真面目，文軒當然要答應，一想到能夠與他保持聯繫，心底都要笑出來，根本沒想到賺錢這件與數字相關的驢事。

「好啊！我幫你跑腿，可是我不會理財，看到數字就頭暈，只要不叫我管財務，做甚麼都行。」

於是，『竹園食色小館』正式對外開張了。

文軒簡化了點菜的程序，當然也雇用了一些服務生，以免客人不耐煩，很少人能夠像文軒那樣熱愛文字到站立幾小時閱讀而不膩煩，當然，也怕引起諸多好奇而惹禍上身。自此操作電腦點餐的工作就交給了服務生，而食客也少了閱覽烹調過程的樂趣。這家餐館唯一的缺點就是不收現金，沒有信用卡便不能消費，幸好，賺錢並非『竹園』的目的，更何況這豐富的菜色又價廉物美，已經惹來門庭若市，根本不用愁。

文軒保持秘密的手法是讓服務生以電腦連線作業，只能輸入點餐明細，無法閱覽上菜過程，更沒有機會進入地下廚房，反正現在的年輕人懶得很，巴不得知道越少越好，好奇蟲子都睡著了。文軒很小心地經常更換雇員，盡量聘用工讀生，就不會有人識破地底下的秘密了。

又過了一年以後，文軒小心翼翼地提出舊話：「每次和你連線，都看不到人，心裡好惆悵，好像對著空氣說話。」提著膽寫下來，文軒好高興不必面對面，其實早已經習慣了這樣的對應方式，可就是忘不了隱約呈現的綠色景緻，心想彼此對話如此之久，總該見面了吧！

「時候未到，我會通知你的，我還在解決燃料問題，你要有心理準備，很可能要等非常非常久，如果你很在意的話。」

又過了許多年，文軒已經成為世界級的美食專家，許多名廚都到台北來拜訪，甚至專程採訪，因為文軒拒絕出國，藉口是害怕失事。真正的理由則是離不開『竹園』，文軒無法忍受一天不與『機器』對話，那幾乎已經成為文軒活下去的最大理由了。

有一天，『竹園』出現了奇裝異服的妙齡女子，狼吞虎嚥地連續吃了二十幾道菜還不走，做了兩年多的服務生紫娟忍不住跑來叨唸，已經垂垂老矣！文軒壓根兒不在意，抬眼望過去卻是驚得呆了⋯

說奇裝異服算含蓄了，那女子應該只有十七、八歲，皮膚水亮泛粉嫩，身材窈窕隱現，因為她身上雖裹著好幾重薄紗，卻怎麼也遮掩不了曲線玲瓏，不見貼身內衣，亦不覺猥褻。透明的淡綠與粉紅的膚質揉膩在一起，彷彿她出生時就這麼穿上了，渾然天成。紫娟盯著那女子結巴：「那⋯衣服是⋯怎麼裹上去的⋯」眼裡隱藏不住地讚嘆，從紫娟的眼神可以想見：『美極了！』即將脫口而出。

文軒看著看著⋯涔涔淚下⋯

她終於吃得心滿意足，走過來牽起文軒皺紋滿佈的手，走出『竹園食色小館』，再也沒有回來過。

當然，看官必然認為她將他帶進了外太空，從此長生不老⋯那麼，她卻又為何要走進這家餐廳呢？那樣的科技豈不易如反掌？真正的難題，是，她心中尚未解答的疑問：食物中最經典的芬芳在哪兒？可以遺韻無窮縈徊腦際的刺激點該有多少容量？色聲香味觸感裡，誰先發制人？

文軒顯然是最好的觀察對象，也就是地球人所謂的『白老鼠』。

夏日午餐

似乎，有遺憾的女人更美麗些。
就像沒人採摘的花朵，
在凋謝前，
總是如此野艷地奔放，
完全無法遮掩地流洩畢生的精華，
彷彿這最後的掙扎是她唯一的美麗，
至少，天地為鑒！

本來約好了要吃晚飯，不知怎地改成了午餐，紫菁整晚輾轉難眠，凌晨四點就起床打理餐具，先前打算只邀約七位客人，加上自己，剛好將圓形的餐桌襯得熱鬧而不顯擠。家裡請來幫忙的菲傭回鄉探親，想請有餐館工作經驗的妹妹紫娟來幫忙，卻又遇上她月事痛，怎麼都起不了床，鬧得紫菁也神經緊張，越想越慌。

也不止一次在家裡請客，卻是回回張羅回回神傷，超市裡的材料總是不齊全，那些負責貨源採買的人似乎都不下廚，缺三落四地，不是少這就是沒那兒，害得人還得多跑幾家，南門市場也得走一走，是貴了些，可就貨色多，尤其材料好，要做像樣的家常菜，一定得去一趟，紫菁尤其喜歡他們處理肉類的乾淨俐落，拿回家的時候可以省很多心，費工的刀法還是要自己動手，現在連肉販也沒以前的用心，上回好好的肉就給剁壞了，煮出一堆亂七八糟上不了檯面的菜，想起來就嘔，雖然客人還是吃得高興，紫菁心裡就是不痛快。

紫菁做菜不按牌理出牌，老是中、西餐夾雜不清，才會咕咕噥噥地抱怨超市貨色太少，做生意的實際，現在的人匆忙應付三餐，沒有那麼多的講究，處理費事的材料失去青睞，自然就被淘汰了。不過，窮則變，變則通，這就是廚房裡的樂趣，紫菁還是可以找到替代品，反而創造出新鮮的口味，這倒是想起來就得意的部分，也就慢慢地不做那些費工夫的菜餚了。

對面的花店又換櫥窗，紫菁每回進門出門總是要那麼呆呆地望一下，玻璃窗裡住著一群快樂的女巫，自己玩得高興，也要教旁人瞧著歡欣。紫菁在許多餐桌上的擺設，從這兒捕捉了巫師們流洩的色彩，紫菁的凝視，產生了繽紛不已的畫面。她改變主意轉身回家拿剪刀，來客名貴，卻不一定要用昂貴的代價招待，反而失去新意。

想起那隨時滿身羽毛的郭瑤，忍不住笑出聲，不知道是她的聲樂生涯造成她的聒噪，還是語言天份構成了她永遠走不下舞台的個性，幾乎一秒鐘都無法停歇地戲劇化，隨時又哭又笑地涕泗縱橫，彷彿唯有如此才表示『活著』。

若不是那呆若木雞的老周堅持邀請郭瑤，今天這餐飯並不適合讓她出現，因為主客方哲是出了名的孤僻刻薄，萬一言語間得罪了郭瑤，可不好收拾。再加上古正夫婦出其不意的伶牙俐齒，這頓飯可熱鬧了。還好老周與古正交情匪淺，應該會給他留點兒情面的，大家都看得出來，這年近半百的悶葫蘆到底是動了春心，怎樣也得幫一把手。

出門前熬上了干貝高湯，那還是上回方哲從香港帶回來孝敬，肥碩結實，紫菁把整盒三四十顆都下鍋了，古正夫妻倆都是要命的饕餮，味道不足可是會被奚落個夠。有回匆忙間把花生豬蹄熬過了鐘，煮得太稠，古正只瞧了一眼就說：「喲！這黏糊糊的下肚，不就飽得啥也不用吃了，妹子！」他老婆跟著一搭一唱：「唉！人家是心疼您年紀大了，牙齒不靈光，多貼心哪！這麼不懂得領情。」羞得紫菁躲回廚房裡，還燙傷了拇指。

從花市回家途中，紫菁剪下左鄰右舍穿牆枝葉，撿起一路飄落的橄欖葉，看看手裡買來的花卉，還不似這色彩變化中的落葉，卻又不得不聊表心意地買幾把花，以防冷語欺凌。

一大把白色的香水百合插在玻璃瓶裡，讓整張餐桌都活了過來，襯得白底蘭花布更精神。紫菁將金黃香檳玫瑰齊頭剪下，又把葉與梗徹底分離，用花梗鋪排成網狀後，再灑下葉片，安置好幾座小燭臺，便將一朵朵金黃嫩白點綴其間：紫菁猷望著，捨不得離開這剛佈置好的香氣繚繞。想起該放出Phillipa Giordano的聲音來搭配這時候的情緒，溫柔而深情的纏綿徘徊。

將過濾好的高湯與絞爛的新鮮番茄一起燉煮，放進切丁的蘋果、梨、白蘿萄與馬鈴薯，就會是一鍋任誰也猜不出的香甜蔬菜湯。紫菁用翠綠的新鮮茴香菜悶整朵冬菇，迷迭香拌炒奶油四季豆是方哲的最愛，辣豆腐炒蛋則是悶葫蘆點的菜，跟他的個性很不相稱，起司麻辣山苦瓜是為紫娟做的，這丫頭總是用極端味覺來驅逐疼痛，再加上香煎鮭魚與紅燒小排，另外準備幾樣青菜就行了，電鍋裡的八寶雜糧飯只要用檸檬汁攪拌過就會非常可口，用小碗扣在碟子裡灑上芝麻茶末，好看極了。

一道道菜就緒後，第一個按門鈴的居然是方哲，向來小氣又神經質，捧著一大束紫白相間的桔梗進來，浪漫得突兀。身後跟著一個靦腆的小女生，也不介紹，就這麼默默地走進來，擺明要隱形似地。

空間都安頓好了，只好讓這把花躺在玄觀的落葉堆裡，別有一番俏皮情趣。

老周與郭瑤在巷口遇到古正夫婦，一起進門的時候，好不聒噪鬧人，整個樓梯間都在迴盪，打開門就大叫：「好香呀！」「是花香還是菜香呀？」「嚇！今天是別有風情噢！」「紫菁這鬼靈精，不知道又從哪兒弄來新花樣？」「咦！今天有人慶祝甚麼嗎？」「花是方哲送的。」「喲！改性兒了！」方哲尷尬地往餐桌的方向走，正巧撞上從裡屋出來的紫娟，兩人互望一眼，也不招呼就挑上隔著好幾個位子的地方分別坐下。

一陣忙亂就座後，才發現少了一頭牛，躲在進門的小沙發上發愣，「方哲，不請你的朋友上桌嗎？」「她吃過了！」「多少再吃一點吧！」「她不餓！不用理她！我們吃吧！」

「紫娟的氣色好差，怎麼啦？」「每月一痛！」滿身橘紅、水藍的郭瑤立刻喳喳呼呼：「唉呀！多吃紅豆、巧克力就行了，萬靈丹一樣，保證有效！」

紫娟不理不睬地悶頭吃飯，好像這一桌人講的不是自己，沒興趣搭理。方哲不時地抬眼望向紫娟，可惜她一點也不領情地自顧自忙著清理眼前的食物，好像要消滅它們似地，匆忙吃完就躲回房間，連招呼也沒打，除了方哲，誰也沒注意到紫娟是在甚麼時候消失的。

趁著大家圍繞在紫菁巧手佈置的茶室裡享受甜品，方哲溜進了紫娟的房間，她縮在被窩裡闔眼，卻清楚地知道誰進了房間，故意裝做無意識地沒鎖上門。方哲進門時小心地上了鎖，悄悄地鑽進紫菁的被窩，從背後攬住了動也不動的紫娟，她擺明地在生氣，方哲也同樣地裝作不知情，一雙手老實不客氣地搔弄起來，直逗得紫娟忘記了為甚麼生氣，而放棄了堅持……

得逞的方哲，讓紫娟出去倒水，他有喝冰水的習慣，尤其是這種『上火』的時候，等紫娟進出三次以後，故意提醒方哲：「你的小女朋友不吃又不喝地在沙發上發愣。」方哲焉然一笑：「妳請她進來一下好嗎？」等那悶不吭聲的女孩進屋，方哲讓紫娟去拿水果，才進廚房，就聽到了打破玻璃的聲音，心裡一緊，岔點兒切到手，才不過幾分鐘，他就動了手腳嗎？紫娟不敢去證實，那女孩拿著斷成兩半的玻璃杯進了廚房，一臉的抱歉：「對不起！這麼漂亮的杯子，我可以賠妳一個新的嗎？」「不用客氣，交給我就行了，不要緊的。」紫娟心軟她的小心翼翼，反而不忍心責怪，連剛才的不舒坦也只好放棄了。

方哲笑瞇瞇地走出來，一付天下本無事的德性：「她說要賠給妳，怎麼辦？」這一說，倒讓紫娟想起來，那杯子明明小心地放在床邊角落，是怎麼打破的，除非……越想越不舒服，也不搭理方哲，把切好的水果往餐桌一放，就回房了，這回上了鎖，也不管客人是怎麼離開的。

紫菁雖然在茶室裡忙著招呼客人，卻很清楚屋子裡發生了甚麼事，心裡莫名地悲傷起來，她想起了自己的男人，不忍心阻止紫娟的痛苦，因為她了解紫娟的『不忍心』……

方哲的嘴裡永遠也吐不出真相來，只有他自己清楚，也許，連他自己都不知道到底要的是甚麼。也許，他太容易要到隨時想要的東西，反而失落了追逐的方向。

紫菁的房子，名義上有個男主人，只是從來不出現，很少人看到他，有時候，讓人誤以為紫菁根本沒有結過婚，老朋友都很習慣紫菁的餐宴沒有男主人，不再有人問他的行蹤。

似乎，有遺憾的女人更美麗些。

就好像沒有人採摘的花朵，在凋謝前，總是如此野艷地奔放，完全無法遮掩地流洩畢生的精華，彷彿這最後的掙扎是她唯一的美麗，至少，天地為鑒！

私交甚篤的好友們感嘆紫菁似有若無的婚姻，惋惜紫娟看來蹉跎的青春，可又有誰知道她們在享受自己的『完整』。沒有人會讚嘆一朵剝碎了的玫瑰，即使它很可能嬌豔欲滴，隨時都滲出蜜來，卻等不及蜂蜜來汲取，便枯萎了。

人們眼中的遺憾，是她永保青春的秘密。

林森北路的巷弄

始終不明白男人到底想要甚麼，
個個心事重重，忙甚麼也沒個重點，
目標也總是「彷彿某個不明確的方向」，
問半天也是有問沒去處。

那天，雪子正焦頭爛額地埋首在四面八方遞過來的稿子裡，半個鐘頭後必須降版，她還在修改那些叫人頭疼的句子，語焉不詳，卻也沒有多餘的時間打電話查核，那個剛來的實習記者老是模糊焦點，每次派單都要提著心，又不能一直把他的稿子都丟到垃圾桶，總要給機會讓他明白甚麼樣的稿子才能見報。心煩氣燥地盤算要不要繼續做這編輯兼教員的討嫌工作，身後突然多出一隻沉重的手搭在已經不勝負荷的肩膀上…

「下班的時候來找我，一塊兒去吃宵夜？」轉頭見到雪花斑白的滿頭華髮，真是編輯台上催人老，這種瞬間神經緊繃的日子，不用幾年就消磨完了僅存的青春。雪子打從學校畢業後，就坐在這個位子上，晃眼十年，疲憊不堪，卻沒能力轉換工作，除了文字還能做甚麼？那剛剛進入中年的總編輯，只在這寶座頂獃上三年，就彷彿抽乾了畢生的精華，垂垂老矣，叫人不忍啐睹。本想趕快回家鑽進舒適安全的被窩，那頭越見花白的憔悴讓雪子忍不下心：「好的，降版完還要整理一下資料，大概一個鐘頭吧！」吃宵夜是另一種年華的消磨，雪子在心裡唸叨著…

收拾完眼前的工作，抬起頭時已經兩點多了。

雪子轉頭望向總編輯的位子，他正兀自吞雲吐霧地看著剛印刷出爐的報紙，今天的頭題做得不錯，剛好與社論互相呼應，看他的表情就知道疲倦過後的代價如何了，每天都必須經歷的戰爭，卻不見得一定有讓人滿意的結果，甚至，很有可能『斷炊』，眼睜睜地看著別人家的報紙迷天蓋地的威風，不等上面招見，自己就夠難受的了，日日不能免的例行『比報』會議，有人矇混過關，有人扯後腿，也有人認認真真地逐條評比，能不能領導這群龍鬼蛇神般的老江湖，就看總編輯的辨識功力與實務經驗是如何運籌帷幄的了。

一直以來，雪子都是大襯衫與卡其褲的裝扮，十足沒人理睬的老尼狀，不像那些生活版的記者群，總是名牌勁裝比艷，毫不吝惜展現姣好的身材，夏天到的時候，看得人眼珠子都兜不轉，眼角瞥見那些尷尬的男同事們情不自禁地望向那誘人的角落，不免會心一笑，算是枯燥工作的獎勵吧！

揹起黑書包，雪子走到隔了兩排座位後的總編輯旁，他也正好起身：「今天去天津街吃燒烤好不好？」不知道葫蘆裡賣著甚麼藥，多年同事，老總從來沒有這麼慎重地請她吃過飯，通常都是一群人吆喝著去吃路邊攤，最多是接受應酬式的邀約，從來不會那麼講究地一起吃飯，雪子狐疑地看著總編輯：「就我們兩個人？」「是啊！其他人都下班了，走吧！」

雪子悶頭跟在後面，腦子昏昏沉沉地根本沒胃口，也搞不清楚天津街在哪兒，反正老總開車，雪子也犯不著傷這個腦筋。

迷迷糊糊地下了車，拐進一條掛滿日文霓虹招牌的巷子，忽然到了京都巷弄還是東京銀座似地，各種日式木造裝潢的館子，琳瑯滿目地讓人眼花，原本瞇著眼的雪子醒了過來，哇！這是哪兒？從來都不知道台北有這樣的地方，後來才知道這裡是著名的『七條通』與『八條通』。

推開木門，更是別有天地，好古老細緻的廳堂，右手邊是開放式的燒烤爐座圍著吧台，左邊則沿牆面繞了一圈有古式階梯踢腳板的茶几雅座，看來頗有年紀的樓梯則神秘地引上另一個異想世界，若非跟著嚴肅的老總，雪子很想樓上樓下地跑一趟，狠狠地瞧個夠，好可愛的地方呀！不知道裝了幾世紀的故事在發生著呢！雪子腦門裡的好奇蟲子全都醒覺了……

原該夜深人靜的時間，卻是高朋滿座，駝著背的老總往吧台一指：「我們坐那兒吧！點菜也方便些，還可以看看別人都吃些甚麼。」

「請脫鞋！」啊！沒想到連吧台也如此講究，線條優雅的木板梯階還真讓人踩不下去呢！非常貼心的設計，脫下鞋子後的舒坦，果然有開胃的效果。本來害怕接近爐台會沾惹油煙，望著那香煙繚繞的誘人燒烤，卻沒有嗆人濁氣薰擾。從這些小細節上的講究，雪子已經可以預期『好吃』的食物要出現了。

「烤一條魚好嗎？」秀氣溫柔的女侍詢問，「來一條中卷，一份牛小排，烤金針，還有甚麼？兩份菠菜…」雪子看到一個好看的畫面：「那邊白色的是甚麼？」「烤飯糰！」「飯糰可以烤嗎？我也要！」「那就來一份吧！我不要，一份夠嗎？」「夠了！夠了！我不餓，只是想嚐嚐看！」

一人一碟毛豆小菜先送上來，嚷嚷不餓的雪子三兩口就吃完了，看到老總慢條斯理地舉筷，雪子才發現自己的唐突。就這麼沉默地耗著也不是辦法，看別人這樣一道道地往自己眼前上菜，不餓不餓地也餓了，左看看右看看地：「你怎麼發現這種地方的，好特別噢！」「以前常來，很久沒來了，剛剛點菜的小姐在這兒做了十幾年，從前還是個小女孩，現在應該是領班吧！看她管理菜單順序的熟練，從容不迫，個性又好，看著就舒服。」「短頭髮那個小女生嗎？好秀氣靦腆，一點兒也不像是做了十多年，長得很可愛呢！」她剛巧打身邊過，雪子多看她兩眼，就接收了一個甜美的笑容，要館子裡都是這樣的人在服務，就沒有人回家吃飯了。

一個三角形的飯糰先送了上來，烤成金黃色的表皮，一看就知道絕對可口，咬下去的時候，皮脆飯軟，香酥潤口：「啊！沒想到，飯糰可以這樣好吃。」「要不要再來一個？」「不了，這樣就夠了。」雪子注意到烤爐台的邊緣放了好幾罐醬料，大廚不時地將客人點好的魚肉放進醬料罐過料，再取出炭烤，看來相當簡單，火侯的掌控則是大學問，偌大的烤爐台，就只有兩個人在管理，而跑堂的端進端出的菜餚，都是那麼恰到好處地呈現最佳狀態，剛好焦黃，又沒有惹人厭的炭黑，就難怪生意這樣興隆了，這可是個不便宜的地方呢！

烤魚端上來的時候，剖成兩片趴在盤子裡，兩大塊檸檬躺在兩側，等得快要無聊的雪子趕忙拿起肥嫩多汁的檸檬用力地擠，埋頭喝清酒的老總忽然抬起頭：「喜歡酸，就把兩片都擠掉吧！」

這魚鮮嫩質細，柔潤地在舌尖搓揉，不禁惹起遐思。雪子忽然意識到整個店裡的客人都是一對對地，男的多半是四十左右，女的則約二、三十地顯露出成熟的媚態，每一桌都是這樣，吧台對面也有兩對這樣的客人，原本正大快朵頤的雪子陷入尷尬的沉思，莫非⋯⋯

一小碟切好片的牛排和解剖成橡皮圈的粉紅中卷正巧端上來，那些發癢的念頭丟一邊吧！管他呢！

牛排的味道甜美，肉有點兒老，中卷烤得適中，脆軟質甘。一嘴葷食，愁著點兒遺憾，錫箔紙包著的烤金針端了上來，一時不知如何處理，老總伸手過來撕開有點燙手的包裝：「趁熱吃吧！」

雪子想起多年前自己尚未坐上編輯台，那時的主管是名噪一時的才子，也是雪子正埋頭文字的時候忽然邀約：「一起吃飯吧！」以為就是到報館餐廳裡吃碗麵，未料，被一路帶到了一家精緻的小餐館，也是個日本料理店，到了店裡，才聽說這是家名店，店雖小，卻是非常地昂貴。雪子在飲食方面是個驢蛋，任由那自命饕餮的才子點菜，反正有啥吃啥，不用煩惱。

不知為甚麼心情大好，也許是受寵若驚，怎麼也沒想到會這樣被招待，雪子以熱情的聒噪來回報這份恩情，手插後褲袋搖擺著說長道短，把整個辦公室裡的陳年趣聞都搬出來說了，心想這有點孤僻的大才子恐怕會孤陋寡聞吧！正興高采烈地搖頭晃腦，他突然很認真地制止：「別再晃了！我被妳晃得慾火焚身！」好險！侍應生適時地陸續上菜，雪子當作自己耳背，就這麼混過去了。

其實，那天上的菜好精細可口，擺設得也講究，雪子大開眼界，忘了前幾秒的窘迫，高高興興地大吃大喝，也就沒得彆扭了。

飯後，主管要請喝咖啡解酒，車開著開著就上了陽明山，因為他想先看山景：「從這裡看台北，可以忘掉許多不愉快的事情⋯」雪子始終不明白男人到底想要甚麼，個個心事重重，忙甚麼也沒個重點，目標也總是『彷彿某個不明確的方向』，問半天也是有問沒去處。譬如，說是喝咖啡卻上了山頂，手指著黑暗處：「那邊有好多對情侶，這兒是有名的情侶幽會處。」「那我們還是不要在這裡做電燈泡，好尷尬，趕快走吧！」「我家就在附近，去我家喝咖啡吧！我的技術還不錯！」然後居然去了他家，雪子已經睡眼惺忪，強忍著瞌睡蟲，半夜三更地摸黑走山路，好不容易進門，真想找張床躺下⋯

好浪漫的古典音樂，雪子不想真的睡著，怕引人誤會輕挑，不就是睏極了，卻怎麼也要撐著，掙扎地要求：「可不可以換個女高音歌劇之類的，這音樂太弱了，」他看了她一眼，竟然捏了一下她的鼻子：「別以為妳鼻子尖尖，就可以指使人！」哇！雪子嚇醒了一半，他在做甚麼？「我快睡著了，再不換音樂，連你的咖啡都喝不上，」「那就躺下吧！那邊的沙發很舒服的，」「不行，我要回家了，真的很累，最近接了好多翻譯的稿子，一早還得趕給人家，已經拖太久，都超過合約期限了，」「要不要幫妳？」「開甚麼玩笑？怎敢勞駕您？而且文氣不同，很難交差，謝了！」

咖啡端來時，雪子幾乎要用手撥開眼簾，怎會如此睏？也許是晚餐吃得太好太飽，再加上連日來又上班又加工趕稿，這會兒怎麼也撐不住，雪子非常過意不去：「很抱歉，我必須回家，好睏，謝謝你招待這麼豐盛的晚餐，改天回請你。如果方便，幫我打電話叫計程車好嗎？這麼晚，不好意思再麻煩您送我下山，」「沒關係，女孩子家半夜坐計程車太危險，更何況妳又長得不夠安全，」這算是恭維嗎？雪子鮮少聽到正面的奉承，因此也不太敢朝認真的方向思考，就當作是玩笑吧！沿途在車子裡打盹，雪子再沒機會問清楚這頓飯所為何來。

之後，當雪子很謹慎地想回請主管的盛情，卻屢次被回絕，也就不了了之。偶而想起那不算約會的約會，都會很懷念小店裡一碟碟好吃的精緻菜餚。似乎就是在林森北路的巷子裡，跟這天津街的巷弄像極⋯

一陣飽餐之後，老總照慣例點起一根菸：「抽完這根菸，就走！」順著巷子的另一頭走出去，天哪！這不就是林森北路的巷子嗎？站在燈火輝煌的老舊巷口，雪子心生詭異：這是在台北嗎？

自此，日本這個名詞開始讓雪子產生奇異的效應，她想起常去日本旅行的好友珊珊與大鵬，詢問行程的安排與文化差異，為甚麼總將日本當作休閒的唯一考量？距離近，膚色長相類似，生活習慣雷同又較優質，提供的服務品質可預期，環境清幽舒適，有長遠歷史的飲食精緻多變化⋯聽到這兒，雪子的眼睛亮了，只可惜珊珊與大鵬並非老饕，平時從不下廚，能注意到日本的飲食特質，已經算是不錯了，甭想從她們嘴裡挖出細節。

對旅遊很懶惰的雪子，只得憑空想像，從一些書報雜誌上的圖片，猜測那菜餚的可能製作方式，再到日式超級市場搜羅各種奇怪的特製材料，雪子不懂日文，只能效法神農嚐百草，一點一點地琢磨出自創的日式餐飲，珊珊與大鵬成了測試檢驗員，早就吃膩了辦公環境裡的填飽式飲食，她們也樂得有不同的享受。

好幾個月來，珊珊與大鵬天天到雪子家吃午飯，再一起去報社上班，一直到雪子打破禁忌為止。她終於忍不住，想去日本實地經驗那些變化多端的素材如何被使用。

雪子唯一創作成功的日式菜餚，只有自己最喜歡的味噌湯以及什錦拌飯。

好吃的味噌，不下數百種，除黃、白、紅與黑的顏色種類與產地的特色外，在素材的搭配上也會有不同的效果，而豆腐、蘿蔔、野菜、菇菌與海苔、昆布或小魚與柴魚則是最常見的配料，這該是世界上最容易弄得好喝又營養兼備的湯了。雪子自己偏好野菜與菇菌快煮兩分鐘的味噌湯烹飪方式，香甜口感好，每回喝完都有飽足幸福感，好像所有的生理與心理病痛都溶化了，非常理解日本人每一口都要很用力地說聲『歐依稀』，來表達身心被食物撫慰的滿足。

至於什錦拌飯，就更容易了。日本人有無數種現成的拌飯材料，喜歡新鮮材料的也可以自創。顏色的搭配非常重要，那絕對會影響食慾與口感。

色彩繽紛的什錦拌飯加上好喝的味噌湯，整個製作過程不到三十分鐘，而實際操作的時間恐怕只有十分鐘，若要講究一點，則在扣好碗型的飯糰旁放置刀工美麗的水果或新鮮食用蘭花與蔬菜，味噌湯上記得灑些翠綠的蔥花或香菜以增加美感，這頓飯就大功告成了。

日本人喜歡將各色菜餚放在形狀各異的小碟子裡，其實，這也不難，只要將超級市場裡買回來的醬菜以不同的刀工切片，再一一放置在好看的碟子中。如果不想在家中堆砌太多餐盤，也可以鼓動腹中創作蟲子，以樹葉花草的擺置取代，保證回回都不同。發揮一下色彩創意，不等客人來讚美，自己就先開心了。

雪子終於在朋友的協助安排下，來到嚮往已久的北方島國。第一站，選擇去日本的美食之都大阪，因為附近兩個小時車程內還可以去京都、神戶、奈良等古色古香的名城，甚至東密的寶地高野山也只需兩個半小時即可到達。大阪的地下鐵捷運與火車結合得天衣無縫，幾乎沒有到不了的地方，而大阪在先進的科技現代建築下，仍保留了巷弄裡的小店文化，各具特色的小餐飲，動輒三五十年歷史，標示明確的年代變成了小餐館的驕傲。

雪子發現自己不必很會做日本菜，卻仍然可以吃得很日本。

在大阪最流行的飲食居然是義大利菜，一人份套餐約需日幣五千円左右，大約是中產階級的享受。義式餐廳依然擠身在日式巷弄裡，只有內部的裝修類似歐洲風情，菜單乃日、義文對照，讓非義大利籍的外國人點菜時相當辛苦。對飲食相當有創意的日本人，自然也將義大利餐飲動了手腳，不但在口味與陳列上摻入小日本文化，就連作料的選取也忍不住注入了不得不日本的食材，反而比原本濃烈的義大利餐要清爽美味。

雪子買了好多拌飯的材料，有各種不同顏色的野菜以及調味過的芝麻與海鮮乾貨，當然，明知甜不辣保存期限只有三天，仍對著幾百種風味各具的魚漿製品無法免疫，大包小包地拎回台北，立即打電話通告諸親好友趕快來享用。

這回，雪子善用各種蔬菜的顏色與形狀，擺設出日本風味的桌上風情，不到一個鐘頭，就滿桌子美麗的菜餚，好不得意。

唯一的遺憾是食客很煞風景，好友們邊吃邊問：「這是哪一國菜呀？」。管他呢！雪子的日本沾黏已經溶化了。

印度印記

印度人普遍相信恆河是慈悲之神的化身
可以帶走任何身心靈的痛苦與疾病。
河邊聚集了各種活人與死人的悲傷，
卻聽不到痛苦的哀嚎，
如此坦然地呈現，
好像那本來就是生命的一部分，
根本不需要為此落淚。

香妮眼睛看出去的世界都在震動，媽媽給她取名叫月光（香妮的梵文意思是月光），似乎讓她的視野總是朦朧，無法真實地對待週邊發生的任何事，也許，這也是為甚麼她眼中的世界如此美好，旁人無法忍受的畫面，對她來說都是美麗的圖案，而香氣，就成了她感謝美景的貢品。

弱視的香妮，從小被呵護，她生得如此白淨美好，笑容甜蜜，動作纖細，沒有人料到完美的香妮居然是重度弱視，一直到她上學的時候，老師才發現她根本看不見黑板上的字，媽媽為這件事哭了好久，自責得叫滿屋子的人都痛苦。

香妮的媽媽雖然出生在德里，卻是在紐約長大的服裝設計師，爸爸是在聯合國工作的電腦工程師，工作了十年，實在看不出聯合國到底在做甚麼，剛巧服裝設計趨勢正吹起了亞洲民俗風，印度的電腦網路也剛巧在萌芽的階段，於是，香妮的父母就回到自己的家園。唯一的寶貝女兒香妮跟媽媽一樣，出生在這灰塵密佈的城市裡。

一年下不了幾場雨的北印度，始終很難看見澄淨的天空，再加上舊德里附近輕重工業林立，只要走出屋子不到百步，保證身上立即沾滿一層黑色的微塵，頭髮髒得好像幾個月沒洗過似的。

居住在德里的人充滿了沮喪，卻仍然吸引了源源不絕的移民人潮，這裡交通混亂，滿街的乞丐，塑膠棚搭蓋的整排貧民窟隨處可見（政客為了選票而保留這些外地的移民），警察的存在是為了收取過路費，五星級飯店服務三流卻收費頂級，因為後門養著一群需索無度的衙門寄生蟲，任何一條電線的申請，都必須穿越無數雙看不見的手，若想在公家機關謀得一官半職，當然也必須高價購買，據說，即使是在郵局工作的小職員，都要用上萬美金的代價去爭取，而資金來源則是向親友借貸，這種一本萬利的投資，很少人會拒絕，那麼，如何還這筆債就可想而知了。

香妮的父母想盡辦法讓她就醫，甚至上網諮詢世界各國最好的眼科醫學院，目前為止還是無法完全矯正，幸好，香妮生就好脾氣，一點也不以為意，反而不斷地運用自己的想像力娛樂父母，這項遺憾變成了製造歡樂的特異功能，香妮的奇幻視線，尤其讓母親有了不同的創意，服裝事業蒸蒸日上，香妮的眼睛成為母親的魔術鏡子。

視力不好的人，聽覺與嗅覺總是特別靈敏，母親的每一場服裝秀，都是香妮根據燈光與主題配的音樂，她的手巧，可以彈奏好幾種樂器，自己用父親買的數位音響配備作曲，再調配各種香精，讓蒞臨現場的人舒服得像在仙境裡。許多上流社會人士搶著參加這每年只有四季各一場的服裝展示盛宴，不僅是聽覺、視覺與嗅覺的享受，香妮還會依四季的不同蔬果調製可口的餐點，因此，每場長達好幾小時的饗宴，沒有人覺得冗長，以香妮做為品牌名稱的服裝表演，名符其實地展示了『月光』的魅力，凡是參與盛會的人，都要津津樂道好幾個月呢！

十五歲就參與母親的事業，如今已有十個年頭，香妮開發了服裝事業的新世界，以五種感官饗宴來推展視覺的享受，讓服飾呈現纖細感官的極致，『香妮』成為生活品質的代名詞。

春天，一直是香妮的期待，每年春季是香妮秀的真正重頭戲，自從去年受邀走訪許多國家以來，香妮的腦海裡不斷地冒出新點子，她等待春天，迫不亟待地等候花開，春季是香妮大量採購荷蘭花卉的季節，再加上南印度的各種特殊品種，以及錫金邊境卡林伴地區私人花園裡長期訂購的蘭花，香妮要在媽媽買的新房子裡辦這場別開生面的服裝秀，許多人聞風騷動，不斷地打電話詢問日期，深怕錯過了邀約，更害怕自己不在名單上，甚至有人願意出高價取得邀請函。

二月底，所有的花卉按照指定時間送達，這在印度是相當不容易的事，要不是名單上有重要人物，香妮不可能如此輕鬆地取得所有的材料，光是通關手續就足以讓所有的花卉死光。還好有安做幫手，身為美國駐印度大使的女兒，她是最靈活強勢的公關。

安和香妮一起在NYU唸設計時是同班同學，因為有共同的背景而成為最貼心的玩伴，自然而然又變成了工作夥伴，安與香妮的個性互補，強悍與溫柔的完美組合，讓彼此的合作關係呈現高度的效率與默契。安好似香妮的守護神，在障礙還來不及發生的時候，就將它們消滅掉，像是媽媽的身外化身，媽媽不在身邊的時候，永遠有安。

於是，香妮的世界裡沒有醜陋與困窘。

3月1日是個大日子，連續兩天兩夜，香妮帶著上百位工作人員，把事先做好的設計圖分配出去，在十畝大的庭院裡裝置動線與燈光，從倫敦請來的二十人樂隊在臨時舞台旁彩排演練香妮寫的『春之舞』。香妮的冷靜與安的急躁，正好擺平這群效率搖擺不定的印度油條。還好，媽媽長期訓練的幾個印度女孩都十分精明幹練，總能夠及時讓香妮避開不愉快的畫面，讓她專注地執行創作。每回看到安像猴子一樣不安地進進出出，香妮覺著好笑，從來不知道安擔著多少心，安的煩惱只敢去找香妮的母親商量，彷彿香妮是個麻煩絕緣體，不該聽到或者看到任何不良畫面。

這回，香妮從印度南方請來傳統舞蹈團作為這場服裝秀的模特兒，以當代的舞蹈分別介紹不同時期的印度傳統服飾，再展出這一季的作品。

舞台搭在湖泊般的游泳池旁，仿照泰姬陵的庭臺樓閣底層，流出十米寬的瀑布，直洩而下到池子裡。舞台是給樂隊使用的，舞者必須在湖泊延伸出去的流水上泛舟展示，難度非常高，卻讓每一個工作人員都很興奮。

環繞湖泊兩旁的建築物之間架上了鋼絲，布幔的飛舞搭配由空中降下的飛天神女，帶來春天的花朵與新穎的服飾造型，沿著水流向兩岸飛灑香氣濃郁的花瓣。觀眾可以在樓閣上觀賞，也可以坐在兩岸同時享受現場與螢幕直播的各個角度，道地的目不暇給。

當天的食品，從歐式午餐、中國下午茶點到印度阿薩姆傳統晚宴全天候供應，節目從中午進行到晚上十點，有兩百多位來自世界各地的買家與貴賓，這是香妮秀最長的一次饗宴。體力不支的香妮，只在晚宴時出現了一個小時。

安陪著香妮悄悄走回後花園隱藏在竹林後的小木屋，小徑旁突然閃出一個拿著單眼相機的男人，安抓住香妮警戒著，六目相視之下，那穿著白襯衫、米色棉麻西裝與淺藍牛仔褲的年輕人終於開口：「抱歉！我是印度時報的約翰，我在教會育幼院長大，因此取了基督教的名字，我想採訪香妮小姐，聽說從來沒有媒體直接接觸過香妮，我只好冒昧打攪。」這名叫約翰的男人沒有一般印度種族的黝黑膚色與眼睛，反而帶著幾分中國南方人的清秀，想必是來自北方邊境的種族。

安正準備發作，香妮搶先說了：「那就先進屋子裡再說吧！我有點累，如果你不介意，我想坐下來歇著，請不要拍照，我讓你採訪。」安把手伸出去，約翰很合作地交出照相機。

香妮屋裡的小女傭開門，看到陌生人，露出驚訝的眼神，沒有問過客人需要甚麼，就端來了三杯奶茶，純白色的瓷器，線條像女主人一樣地柔和，客廳的擺設非常簡單舒適，出乎約翰意外的儉約，除了米色系列的家具窗簾外，就只有綠色的盆栽裝飾，沒有任何多餘的裝飾品。

本來有滿肚子備案要問的約翰，一時說不出話來，忙著打量眼前不太真實的香妮。安很不友善地瞪著約翰催促：「香妮累了，你要問甚麼，請長話短說。」

「我想請香妮小姐說明一下今年春季作品創意的源頭，順便透露一些私人生活習慣，我⋯⋯」安不耐煩地打斷了約翰：「我們每場服裝秀都有詳細介紹的說明書，就連圖片都事先準備齊全，接待處有提供媒體的資料，你還沒看吧！香妮從不透露隱私，這是公開的秘密，想必你也清楚。」「是的，不瞞您說，我想拍到香妮小姐的獨家照片。」「我想你可以走了！」

安靜地靠在單人沙發上的香妮溫柔地看著約翰：「我現在真的很累，您可不可以明天下午再來，跟你談談無妨，但請不要帶相機來，好嗎？下午三點左右，可以嗎？我會交代門房，你只要帶著名片就行了。」

約翰興奮了整晚，能夠獨家採訪香妮固然是件大事，然而這個謎樣的風雲人物，比約翰預期的還要迷人，尤其是那幾乎教人溶化的溫柔，仿若帶著春天香氣的微風，一掃萎靡的黏濁，約翰跑新聞的陳年晦氣似乎在瞬間消失，神奇得不可思議，不敢相信這是真的。等待變成了折磨，從來沒有嘗試過期待是如此的痛苦，病了似地魂不守舍。

好不容易折騰到天亮，約翰迫不及待地起床梳洗，好像約會是在大清早，從來沒試過這樣早起床，整個上午不知道做甚麼好，昨晚打電話告知總編輯今天的行程，電話那頭傳來預期的歡呼，這項任務也許可以讓約翰提早升官，他覬覦主編的位置許久，等了多年才等到空缺，老總就是擱著，不打算採取行動，賊得很。不過，至少那個討人厭的審稿關卡出缺，讓約翰自由了許多。在紐約唸新聞的約翰看不起那個剛退休的大老土主編，兩人老是起衝突，憋氣多年，終於喘口氣，整個人像脫了枷鎖的精靈，活躍得很。

正打算翻出昨晚帶回來的資料，好好地做功課，電話響了，上午九點，誰會這麼早打電話來，可別是緊急採訪，那可就慘了，約翰今天的心情只有下午的約會，完全不想有任何其他的干擾，正猶豫著要不要接這通電話，手機上顯示著陌生的號碼，引起了約翰的好奇。

電話那頭傳來陌生的聲音：「請問是約翰嗎？」約翰的精神立刻亢奮起

來，是她！「很抱歉，昨晚我實在太累了，沒有接受你的採訪，我是香妮……」

為了表示歉意，香妮邀請約翰到家裡用午餐，而且會派司機來接。從約翰家到香妮的住宅區需要一個鐘頭，因此，司機會在十一點來接約翰。

分秒不差地，門鈴準時在十一點響了，一個頂著潔白頭巾，穿深藍制服的司機出現在門口，非常有禮貌地請約翰上車，很少見到這樣訓練有術的司機，可以想像這家人的嚴謹生活態度。

香妮的司機很稱頭，車子卻是非常古老的印度廠牌，連座椅都是年代很久的皮椅，保持得非常清潔舒適，前座可以輕鬆地滑動，比新式廠牌的車子舒服多了，連引擎都意外地順暢。司機從後視鏡看到約翰的表情，微笑而有禮地說明：「香妮的父親是個車迷，非常懂得運用老車子的優點，他還經常自己動手修理保養呢！我從老爺那裡學到不少車子的知識。」沒想到，訓練有術的背後，竟然是主僕真誠的互相對待，印度人的階級意識並不存在香妮的家庭裡，怪不得能夠享有這樣的服務品質。

車子從香妮家的庭院繞過，一直開到香妮的私人小木屋外，約翰看錶：十二點整，真了不起，這哪裡像是在印度。

約翰在陽光下穿越竹林，別有一翻心情，從來沒注意竹林可以如此可人，不知是心情好，還是這庭院的綠意與眾不同，水亮碧綠得像溫哥華的公園，德里居然有這樣的世外桃源，意外極了。

香妮的木門開著，她穿著雪白的紗麗在門外相迎，倒讓約翰拘謹起來，不知該如何回禮，趕緊衝向前去握手，才發現香妮已經舉起雙手合十：「Namasdhey！」以印度傳統習慣答禮，約翰只好慌忙地改變手勢，同樣合十回禮。

屋裡比昨晚多了兩盆白色蝴蝶蘭，玄觀擱置著一盆罕見的白色水蓮，是否昨夜錯過的景觀，不好意思問，走進客廳才發現沙發的背後灑滿了一圈紅色玫瑰花瓣，這是印度迎賓的古禮，非常慎重，約翰有使節來訪的拜謁念頭，忍不住失笑。幸好，香妮正轉身到廚房去吩咐下人備餐，否則就尷尬了。

「我準備了中國式點心，希望你喜歡，你在紐約住過四年，應該是喜歡的⋯」香妮的眼神迎上了約翰一臉的詫異，她笑著說：「安不放心，連夜調查了你的背景，抱歉！」

離客廳只有幾步遠的餐桌上，瞬間擺滿了將近十道小點心，有各種廣式蒸籠，以及拼盤，等約翰就座後，忽然出現兩名女侍，一道道地端起不同的菜餚讓客人選用，香妮坐在長桌的另一頭，默默地用中式湯匙喝著乳白色的黏稠食物，大概是粥品類的補品，約翰猜想著，在紐約讀書的時候，認識一些中國同學，對中式餐飲還算熟悉，然而，香妮的點心比約翰吃過的還要精緻得多，讓他來不及讚賞地埋頭猛吃，過了許久，才發現香妮正笑瞇瞇地看著自己狼狽的吃相：「謝謝你捧場，我忙了一上午呢！還好你喜歡⋯⋯」約翰趕緊用餐巾抹了一下嘴：「啊！好吃極了！」「慢慢吃，等會兒有我最喜歡的銀耳蓮子湯，有桂花噢！」

等女侍收走約翰製造的杯盤狼藉，才發現這餐桌是塊透明玻璃架在中國式的繡花檯上，桌面下佈滿了白色的蝴蝶蘭，奇幻如夢，連剛剛累積的飽脹感也忽而消失了，變成了幾分醉意濛濛，帶有清淡香氣的冰甜蓮子湯，適時地解除了飽足的渾沌，中國人常說：正餐與甜品裝在不同的胃裡，好像有幾分道理。

吃完甜品，香妮請約翰到窗邊的茶几上享用杭州龍井，香氣濃郁，一聞就知道是當季的新茶，好茶果然醒腦，還沒喝上口，就已經醒了幾分。

聽完香妮敘述的經歷，約翰驚訝得答不上腔，不敢相信居然有人可以這樣不問世事地成長，若非是她本人有血有肉地說著，會讓人誤以為是童話故事呢！就連香妮在紐約讀書的那幾年，都有兩名書童伴著，再加上父母每天一通電話叮嚀以及每月一次的輪流拜訪，幾乎完全與外隔絕。聽著這樣的故事，不知是該羨慕還是同情，簡直無法理解這樣的生活是如何存在的。

香妮看出約翰的詫異，有點靦腆：「我知道很少人這樣活著，我的眼睛不好，爸爸媽媽心疼，就變成這種不尋常的生活方式，後來我忙著工作，就更少與外面接觸了。這樣是不是有點不合情理，我好像應該多去外面走走，有時候，從車窗裡看著車外的世界，我自己也有不真實的感受，偶而想下車看看，卻不被允許，身邊所有的人都被交代過，不能讓我在出家門外的地方下車。噢！我是不是像在坐監牢，一座美麗的牢房？」約翰看著香妮發愣，完全沒有聽進香妮的問句，等安妮停下來看著約翰許久，他才回過神來：「啊！對不起！妳剛才說甚麼？」「沒甚麼！不要緊，你在想甚麼？我的生活簡單得有點悶，你應該不會有興趣追究了…」「噢！不，不是的，你誤會了，我只是在想…」香妮認真地看著他，反讓他猶豫起來，不知道該不該唐突地說出口…

香妮是個碰不得的唐磁娃娃，一不小心就會摔碎了。

「我帶妳去看這世界真實的一面，妳敢嗎？」他還是忍不住說了，禁不起那雙水靈靈的眼眸誘惑。

香妮沉默著⋯過了許久，彷彿陷入沉思，約翰懊悔自己的冒失，這下連剛剛建立起的一點友誼，恐怕也要毀了⋯兀自擔心著，又不好打破沉悶的壓迫感。

「一個月，夠嗎？」香妮輕聲地說著，彷彿自己也不相信似地：「我剛忙完春季展，這段時間是我用來休息或上課的，出去走走，也算是一種學習吧！我去過很多國家，但你也知道，進進出出都有人照顧，跟在家裡完全一樣，也許，我應該爭取獨立，我已經有了自己的生活空間，卻沒有自己生活的能力，總覺著活得不完整，我不在意自己的眼睛缺憾，而心裡面一直有著遺憾，尤其是那天司機為了趕時間而超小徑，讓我看到了驚人的畫面，好像有人故意在我的窗外播放電影似地，我始終以為電影裡面的故事不是真的，還以為那都是教材呢！」

「妳確定妳能夠離開這裡而不帶任何隨從？」香妮的眼睛更加水汪汪了：「我總要試的，不是嗎？」

香妮用盡了各種理由，要求獨自旅行，最後說服了安去幫著瞞父母：「求求妳！安，我已經二十五歲了，妳總不希望我一輩子與世隔絕吧！那會讓我有殘廢的感覺……」聽到殘廢兩個字，讓安於心不忍。安向香妮的父母保證，若不能保護好香妮，自己也將從這個世界消失。天知道，安的心臟都快要停止跳動了，香妮答應每天早中晚一定打一通電話報平安，手機隨時開著。

香妮沒有告訴安，有約翰做陪，那會傷了安的心。

也許，這是個值得紀念的日子，3月13日，聽說：13是個不吉利的數字，確也代表了脫繭而出，不成功即滅亡。

約翰租了一輛計日的計程車，新德里的計程車分成兩種，有空調與沒有空調的價差很大，清潔度有別，但即使是有空調的車子，比起香妮家在外貌上無甚差別的私家車，座椅的舒適與整潔的落差，是會讓人汗顏的。約翰已經盡力了，他可不想在第一天就把香妮嚇跑，還自己出錢買了新的椅套，囑咐車主必須狠狠地洗刷過那輛車子，以新的椅套做為交換條件，車主當然很高興地答應了，搖頭晃腦地再三保證，才讓憂心忡忡的約翰滿意。約翰要求已經洗乾淨的車，必須在出發前再洗一次。

約翰交出特稿，讓老總放了一個月的假，還應承以私人假期尋訪專題報導，才躲開了惹人厭煩的糾纏交代，搞不懂這種喋喋不休的種族特性，是哪一位祖先遺留下來的，在印度，幾乎不分階級上下，人人如此，真是強勁有力的專屬人格特質。那篇報導香妮的頭題是：『花香世界裡的服飾仙境』，拍了香妮的私人居所，報導她的儉樸生活方式，搭配那天『春之舞』的盛況，整版的特稿就已經壓過了其他的媒體，老總非常滿意，他如果知道約翰並沒有真正深入寫出香妮的私人世界，不把他殺了才怪，更別提這次單獨相處一個月的機會，不敢想像整個報社會如何地驚天動地。幸好，香妮一直刻意避開出現在鏡頭前，除了家人與工作夥伴，很少人真正知道她的長相，這在安全上省卻了許多的顧慮。

但是，他要如何遮掩她的美麗呢？在印度這階級意識高昂的國度，從外貌就可以分辨出一個人的家世背景，更遑論香妮與眾不同的氣質。

約翰要求香妮穿著簡便的休閒服，可以假扮觀光客避人耳目。

清晨七點整，香妮戴著深藍鴨舌帽出現在後花園的小鐵門外，身穿白色T恤與卡其外套，寬鬆的淺藍牛仔褲，讓香妮看起來像個國中生，頓時叫約翰鬆了口氣，沒想到，她居然可以揹著一個簡單的背包就出門了，果然讓人刮目相看，畢竟是工作經驗豐富的行家，不如想像中那樣的天真無知。

香妮希望能夠先走北印度，經過一般朝聖之旅的路線，如果時間允許，再到南印度走訪一些藝術村，每次聽那些舞蹈家形容自己的家鄉，都讓香妮艷羨不已，一直沒有機會親眼目睹。香妮帶著最新款式的數位掌中相機，心裡雀躍不已。香妮最近迷上網頁設計，新版的Photoshop滿足了她掌握影像的樂趣，媽媽擔心香妮的視力負擔，不允許她在電腦前工作太久，拍照成了取代的娛樂。香妮的視力雖然朦朧，攝影技巧卻出人意表，常常能夠抓住最動人的瞬間，有時候，還真讓人弄不清香妮的視力到底是健康還是不健康。

在紐約讀書期間，安與香妮經常逛書店，紐約市的書店豐富舒適得像校園裡的圖書館，由於東方文化風潮的盛行，讓香妮耳濡目染了不少自己從來沒接觸過的印度宗教文化，她驚異自己來自印度，卻對印度一無所知，這些西方人好像比自己還清楚。香妮的父母是沒有信仰的自由派，因此，家中從來沒有任何宗教活動，也不參與外界的邀約，香妮對信仰的認知是一片空白。當她在書店宗教區看到印度信仰的軌跡如此繁複，也就放棄了繼續了解的動機，但是，佛陀的故事卻深深地吸引了她，因為祂看待生命的本質是那樣地溫柔純淨，似乎解除了埋藏在香妮心中的壓力：為甚麼生命的存在如此不同？親友雖避免讓香妮看到醜陋的畫面，但，自己家中就已經存在著許多的不平等，每次看到那些來自不同家鄉的工人辛苦地工作，卻得到很少的報酬，不免讓人哀傷。香妮不敢提出自己的想法，怕傷了父母的心，他們已經盡力對待下人仁慈，這是顯而易見的。

約翰把行程的第一站定在恆河所在的瓦那納西，那裡有全亞洲最大的校園，應該是印度古文化收藏較完整的學院，對於香妮期待的信仰之旅，這是理想的起點。

十小時的路程，因為香妮不停地要求下車拍照，而拖到晚上八點半才到達，原本要在恆河邊看落日的計畫泡湯了，香妮被沿途婦女服飾的艷麗色彩所眩惑：「啊！想不到所有最強烈的衝突色彩，居然可以被她們用得如此舒適，太神奇了！」

在客棧裡稍事梳洗後，用過簡餐，約翰帶香妮穿越恆河邊密集的夜市場，去參觀印度教終年不斷的恆河祭祀。不論是何種教派的信仰，印度人普遍相信恆河是慈悲之神的化身，可以帶走任何身、心、靈魂的痛苦與疾病，河邊聚集了各種活人與死人的悲傷，卻聽不到痛苦的哀嚎，如此坦然地呈現，好像那本來就是生命的一部分，根本不需要為此落淚。

約翰對香妮的適應能力相當敬佩，不但沒聽到一句要求，更沒看到她皺過一次眉頭，彷彿她早就經歷過這一切似地，欣然接受約翰的安排，就連吃東西，也是有甚麼就吃甚麼，雖然吃得不多，也不見她吃得難受或難以下嚥。到了恆河邊，約翰心中的石頭總算落地。

香妮安靜地看著繁複嚴謹的祭祀進行，眼中充滿了神往，每回祭司以優雅嫻熟的技巧轉換方向，香妮就轉頭向約翰微笑，好像孩子看卡通看得高興時，一定要回報媽媽一個溫柔的感謝與分享，約翰的心讓這天使般的笑容震懾，七上八下地不知如何自處。

他被發酵中的迷戀困住了…

回客棧的路上，香妮不停地讚嘆祭司的舞蹈，一直到她忽然警覺約翰的沉默，才停下來，抱歉地握握約翰的手：「讓你擔心了，你看！我不是好好地嗎？別緊張，我不會有事的，我沒有那麼脆弱，我知道的！」香妮開心地抓起約翰的雙手，誠懇地看著約翰說：「謝謝你！讓我終於走出家門。」約翰緊張得肌肉僵硬，粗魯地撥開香妮柔軟的雙手：「不客氣！我只是在想報社裡的事，跟妳沒關係，妳別多心！」「噢！對不起！害你耽誤了工作，你不要緊吧！」約翰尷尬地快步往前走，自顧自地說著：「我們趕快回客棧，我還可以處理一下公事。」頭也不回地朝客棧的方向走，不敢轉身看香妮的反應。

香妮乖巧地跟著，一直走到各自房間門口，約翰才開口說句：「明天早上五點鐘起床看日出。」便關上了房門。

約翰敲門的時候，未預期香妮連一秒鐘都沒讓他等地開了門，看她神采奕奕地換了白襯衫與卡其褲，手中拿著輕暖的喀什米爾羊莪披肩，沒有經過漂染的原色羊莪，有羊毛最豐厚的脂肪餵養，輕薄卻暖和，收起來的時候，一隻手掌就可以握住，是旅行家的寵物。

原本有點抱歉的約翰，不知怎地，看見香妮開心依然，心中莫名地有氣，招呼也沒打就轉身走了。香妮變成了小跟班，默默地跟著。

誰知，給安報完平安後，從小被呵護到大的香妮哭了好幾小時，想不出自己哪裡得罪了約翰，孩子似地哭累了才睡著。早上醒來便煙消霧散，這是香妮的天性，也是她惹人憐愛的特質，未料，這個性上的優點卻惹惱了約翰。

中午酷熱，清晨奇冷的恆河邊，有許多人站立在河中面對著東方祈禱，據說，當太陽升起的剎那，若在恆河裡沐浴祈禱，常常會有奇蹟發生。也有人無視於河岸邊焚燒中的屍體，照樣信心十足地喝下已經藏污納垢無數年的恆河神水。聽說，曾經有科學家取樣檢驗過恆河中的水，發現除了有益細菌外，完全沒有發現對人體有害的任何物質，沒有人能夠解釋為甚麼。

看起來不清澈的恆河，沒有預期的臭氣。泛舟的時候，香妮望著嫣紅的日出發愣，這可是第一回這樣近距離地看太陽呢！當完整的紅日升起，香妮忍不住望向沉默中的約翰微笑，以表達感謝。約翰彆扭地回報了一個尷尬的笑容，立刻轉頭去看岸邊燃燒中的煙霧，心中嘆息，卻拿自己莫可奈何。

當香妮終於決定不去招惹約翰，自己高高興興地忙著拍照，約翰的情緒也平撫了，正常地介紹起瓦那納西的歷史典故。吃過中飯後，便去參觀釋迦牟尼佛成道後講經說法的地方。

沿著一條還算乾淨的樹林夾道走進去後，放眼望去一片荒蕪，許多講法座台廢墟，依然殘破：香妮想起書中形容佛菩薩誓願解除眾生的困惑，慈悲願力如此的廣闊，而愚癡的人們，居然打爛了這美好的遺跡，究竟人腦裡裝了甚麼樣的恨，如此浪費珍貴的生命⋯

她不能抑制地淚流滿面，一路走著一路淚流不止，走到佛陀的法台上坐下來，索性哭個夠。香妮哭得好不暢快，也不知道這算不算是傷心，無法解讀自己的心情。

約翰看見香妮忽然哭個不停，也不打算制止，便在一旁等著。看來，惹女人落淚，他倒是經驗十足，輕輕鬆鬆地看著，倒好像這樣的畫面才是正常的。

香妮沒有解釋為甚麼落淚，約翰也沒有追問。很有默契地各自以自己的方式去意會，彼此深信這樣簡單的情緒不難理解。

多年以後，香妮才明白，與約翰之間的默契是虛幻的誤解。

從瓦那納西到釋迦牟尼佛成道的菩提迦耶只有四小時車程，香妮在車裡睡了一個香甜的午覺，讓約翰忌妒地羨慕起來。這女孩怎麼可以活得這樣容易，再強硬的情勢都在她眼前柔軟起來，似乎沒有任何事該被強化……約翰庸人自擾地頭疼起來。

佛陀成道的菩提樹下，已經不再是書中描述的小樹林。除了菩提樹前矗立的尖型佛塔，四周蓋滿了各種寺廟與旅館，儼然變成了髒亂的觀光區。許多人相信：只要在這裡修行，就會受到佛陀的祝福而功力倍增。

香妮一覺醒來，精神旺盛，拿起相機到處攝取畫面，佛塔周圍有許多出家人在做功課，繞塔的信徒手中拿著念珠或轉輪，口裡念念有詞，誰也不知道他們唸的是甚麼，卻都很清楚彼此的期望，然而，人類真正的慾望有如此簡明易懂嗎？這種簡單的相信，真的能夠實現夢想嗎？

沒有佈施經驗的香妮，在佛塔外被老老少少的乞丐包圍，約翰費了好大的力氣才把香妮解救出來，氣急敗壞地教訓她：「不可以隨便亂給錢，妳在製造麻煩，知道嗎？」香妮傻愣愣地望著凶惡的約翰，從來不知道一個人可以這麼生氣，可怕得好不真實。看到香妮發傻，更是氣惱，抓起她的手就跑，幾乎是拖著她走。到了旅館仍一頭霧水的香妮問約翰：「為甚麼給錢會製造麻煩，那些人好可憐，只要給一點點錢，他們就很開心了，怎麼會找麻煩？」

這一問，當下讓約翰決定趕搭當夜的火車回新德里。

印度的火車分等級，最好的車廂有上下臥鋪的雙人或四人床隔間，非常窄小，床單還算乾淨，車廂兩側有勉強及格的廁所。約翰與香妮買到的車票剛好是兩人臥鋪，很幸運地不用與人共房。

約翰不願意睡上鋪，香妮只好辛苦地爬上去，將床單與毛毯整理好，火車正好開動了。雖然只有九點多，有點倦意的香妮鑽進被窩，打算好好地睡一覺。

「妳這麼早就要睡覺了嗎？要不要下來坐一下？下鋪可以變成沙發的。」

香妮聽話地爬了下去。

兩人就這麼呆坐著，不知說甚麼好。「妳為甚麼從不抱怨？任由我把妳帶來帶去，也不問我究竟要去哪裡，就這麼相信我？」香妮無辜地看著約翰，不明白他是甚麼意思，自己不是完全照他的意思做了，怎麼都不如他的意，自認並不笨的香妮也糊塗了：「你不是要帶我去看外面的世界嗎？去哪兒都好啊！真的很謝謝你！」

約翰再也不想控制地把手伸出去，輕輕地撫摸那柔軟泛紅的臉頰，瞇起眼睛看著香妮的錯愕。

「你想要甚麼，就拿去吧！」沒想到得來如此容易，反而讓約翰不知所措。

香妮一件件地脫掉了自己的衣服，一絲不掛地站在約翰面前⋯火車的震動與隔著薄牆的喧鬧，都干擾不了此刻的凝固⋯

約翰提前將香妮送回家，收到通知，在小屋裡守候的安非常開心，香妮果然如自己預期的提早結束探險，雖然只有短短的五天，已經讓安焦慮得少了兩公斤。香妮出現在門外的時候，好不悽慘，安衝出去用力地擁抱她，幾年沒見似地緊緊抓著，像是要把她壓扁了才算數。

「妳怎麼了？昨天在電話裡還開開心心，怎麼這副德性，坐火車很不舒服是不是？先去洗個熱水澡，我得打電話告訴他們：我們回來了。」

約翰到家梳洗完，正打算上床休息，門鈴就響了。

沒想到，這一路上，香妮的父母派人跟蹤，掌握了他們所有的行程，還把約翰的身家背景調查得一清二楚，連約翰自己都不清楚的部分也巨細靡遺。

「你願意娶我們的女兒嗎？」香妮的父母認為沒有家人的約翰，正好符合了做女婿的條件，再加上他在紐約讀書的成績優異，一直是靠著獎學金拿到的學位，這一點也讓他們相當滿意。

「我不明白，這些並不構成我必須娶香妮的條件，你們的決定也太草率了⋯⋯」

「你帶著我們的女兒單獨旅行，這難道是草率的行為？就我們所知道的香妮，別說是跟你朝夕相處五天，二十五年來，她從來沒有跟陌生男人單獨吃過飯，這對香妮來說很不尋常。」約翰簡直不敢相信自己的耳朵，看著眼前焦慮的父母說不出話來。「這樣吧！你能不能告訴我們：為甚麼要帶香妮出遠門？」

出於好奇，一時興起，帶一個謎樣的美麗女孩去旅行，這對所有正常的男人來說，很平常呀！卻要如何告訴這對看來誠懇又認真的父母呢？

「謝謝你們的抬舉，我剛回來，先讓我休息，我會仔細考慮的，我保證！」

香妮沒有立刻去見父母，安看到香妮不尋常的憔悴，以為這是她第一次旅行，沿途擔驚受怕造成的疲倦，也就讓她安靜地休息，沒有再追問甚麼。

第二天，約翰打了一通電話給香妮，告知昨天發生的一切，香妮的冷靜讓約翰意外，幾乎要懷疑這是香妮安排的佈局，若非是自己倉卒決定提早回來，他鐵定會認為香妮並不如想像中的單純。

「你不需要答應我的父母，但可否請你幫我一個忙？先不要急著拒絕他們，我不想惹他們焦急傷心，你願意答應我嗎？我懇求你！」約翰不置可否地答應了這荒謬的請求：「好吧！我會看著辦的⋯⋯」掛電話前，香妮早已淚流滿面。

約翰對香妮的最後一點幻想，被香妮父母突兀的求婚給澆熄了。

香妮偶爾會邀請約翰來吃中飯，理由是安慰父母，但從不請他吃晚飯。

她開始接受以前從不應承的邀約，但只看表演，仍維持不公開露面，也不參加外面的派對活動。香妮的行程安排緊湊，每天陪著香妮的安，都不太有機會跟她說話。看著失去甜美笑容的香妮，安的心也開始發疼，卻誰也不敢打開僵局、突破禁忌，安害怕著，香妮的父母轉告了那五天的經過，沒有責怪安，卻讓安更難受內疚。

每一次的中飯約會，約翰都轉述一段過去的羅曼史，香妮總是安靜地聽著，沒有任何的情緒反應，約翰甚至在兩個月後告訴香妮最近的艷遇，也無法看到安妮有稍微激情一點的表現。

這多少讓約翰有點失望。男人的戰史，除了向男人炫耀外，就是為了挑戰女人的激情。

夏季的服裝展接近，香妮減少了中飯的約會。約翰只收到服裝秀的邀請卡，連電話都沒接到。

炎熱的五月，讓新德里像是著了火一樣。

這一季的服裝秀改在新建的凱悅飯店，自從上次的事件後，香妮的父母決定再也不在家中舉辦公開活動。

那天，現場的冷氣特別強，夏季的展覽多半是為冬季服飾的設計，約翰並不是報導服裝業的專家，完全不清楚狀況，熱呼呼地穿著短袖襯衫就跑去了，也不理會穿西裝參加宴會的基本禮儀，到了現場才懊悔，已經來不及了。原本想半場開溜的約翰，被這奇特的表演吸引，硬是忍著寒氣留了下來。

這場秀的名稱就叫做『夏天的寒氣』，香妮並沒有出現在現場，讓約翰有點意外的失落，已經有一個多月沒看到香妮，也沒通過電話，以為她寄這張邀請卡，是為了看到自己，身經百戰的約翰，這回慘遭滑鐵盧，完全搞不清楚狀況。

舞台上，一直飄著羽莪製造的雪，這場雪還下得真是昂貴。

所有的服裝，都是染了幾抹紅的雪白，除了剪裁設計有所有不同，布料的材質都是一樣的，但那染紅的技法，卻是件件不同，件件醒目，好像是在敘述一樁連續性的血腥事件，撕裂著當事者滴著血的心，隨著燈光的搖擺而晃動，那紅，彷彿仍在流動。

約翰看得怵目驚心……

回到家就打了一個大噴嚏，約翰泡在澡缸裡打電話向香妮道謝，接電話的人說香妮已經就寢，不方便接電話，這是約翰認識香妮以來，首度嚐到了幾分失望的滋味。

其實，他只是想證實她是否把自己的心情放到了舞台上。

好不容易捱到第二天上午九點，禮貌上可以打電話的時間，約翰從所未有地著急著打了電話過去，電話那頭傳來答錄機的聲音：「香妮不在國內，一個月後才會回來，若有急事，請留話，將會盡快與您聯絡……」

約翰沒有留話，心裡升起一鼓寒氣，加重了昨夜受的寒。他清楚地知道自己已經出局，不再有任何機會了……

比叡山奇遇

那隱藏了無限深遠的疼，
一點一滴緩慢地釋放著，
時間停頓了……
她沒有欣喜，
淚水不停止地流下，
彷彿那本來就是一條河，
可以不斷地流洩……

白雪的家住在京都，她在這裡出生、成長，卻始終沒有拿到日本籍的居留證，也沒有取日本名字，高中畢業以後，原本打算進大學就讀，卻因為父母的安排而嫁給了台灣商人。

回台灣，雖然是白雪的夢想，而離開京都，卻是白雪的慢性毒藥。

剛開始，白雪的婚姻生活吃足了苦頭，父母雖然是居住在日本的台灣人，卻因為居住環境的關係，每天的生活會話，總是日語夾雜著台語，讓白雪只會說簡單的台灣話，更別提台北的共通官方語言了。不知道為甚麼白雪的腦子總是裝不進這人人都會說的基本語言，即使婚後十年，都沒有讓她的語言能力改善，這也是白雪和先生之間溝通的最大障礙，因為，先生的日語不比白雪的國語強。

白雪生了一雙乖巧的兒女，算是向語言不通的公婆交了差。三十歲那年，先生的生意受到打擊，又罹患了重症，白雪頓失依靠。

那個日台之間觀光事業興盛的年代，讓白雪開創了生命裡最燦爛風光的事業。她在台北外商聚集的中山北路找到了一個老房子，改裝成別墅型的俱樂部，服務人員一律聘請受過日本文化洗禮的大學生或日僑留學生，自己訓練她們記憶中的京都禮儀。

『京都情』成了日本商人滯留台北的最好理由。

十年來，白雪靠著自己的雙手養育兒女，送他們回日本唸大學，完成自己的夢想。

除了道地的日本料理與舒適的服務，在『京都情』的享受，就像是回到一個精緻溫馨的窩，簡單整潔的日式花園，放置了幾張提供煙槍解饞的長椅，室內禁菸，以保障食客的權益。白雪認為環境清潔與新鮮空氣的維持，才能讓顧客充分享受食物的精細品質，用餐時的每一個細節，都會影響味覺的敏銳度。

白雪對員工服務品質要求的嚴苛，保障了『京都情』的生意興隆。在『京都情』用餐，必須事前訂位，而且用餐時間長短也預先被設定，因為菜單在訂位時就已經過雙方的認同而安排好了，無法準時用餐的訂位，只保留十分鐘就被取代，這裡的員工很少被爽約的訂位煩惱。

只要在『京都情』用過一次餐，就很難不再光顧，沒有人介意用餐條件設定的嚴苛。

生意穩定以後，白雪開始到處旅行，表面上是為了收集食譜，真正的理由，卻是清楚又模糊的。她的內心始終有一個呼喚，不再有生活負擔以後，心中的吶喊越來越清晰，她無法解釋那樣的聲音從何而來，從來沒有接觸過宗教信仰的白雪，不知如何是好。

朋友不多的白雪，唯一的談心對象是兒女，自從他們相繼回日本上學以後，白雪的心更是孤單得厲害，分不清是需要伴侶，還是心靈上出現了無法彌補的缺口。她知道，非常清楚地知道，自己需要的不是男人。經營『京都情』十年，甚麼樣的男人沒見過，溫柔嫻雅的白雪當然不缺仰慕者，卻未曾在她心裡激起一丁點漣漪，那絕不是自己渴望的目標。

那天，她剛從大阪搭機回來，在京都拜訪了一些好廚子，起了更改菜單的念頭，顧不得旅途勞頓，就直接從機場到『京都情』，因為時間點正好，下午是廚子休息的時間，可以跟他們好好地討論。

原以為應該很安靜的時刻，卻老遠在園子外就聽到了喧鬧聲，一進門看到攝影機、燈光架滿屋，向來好脾氣的白雪動了氣：「這是怎麼回事？」

跟了白雪十年的紫娟，正在安排擺設與上菜的程序，看來已經接近就緒，抬頭發現白雪氣冲冲地望著自己，趕忙走過去招呼：「白姨，怎麼提前回來了⋯⋯」紫娟是女兒的同班同學，不喜歡讀書，中學的時候已經開始跟著白雪打工，高中一畢業就幫著管理『京都情』，有了聰明伶俐的紫娟，白雪輕鬆不少。

「抱歉！可以容許我解釋嗎？」紫娟的身後忽然冒出一個長髮披肩的年輕男人，看來精明幹練，應該有三十多歲。

這是一個政府出錢製作的公視節目，為了促進逐漸沒落的觀光事業，政府積極地運用各種媒介宣傳台灣的飲食文化，而『京都情』被選為重點標的之一，算是一項榮譽。「我知道您對媒體敬而遠之，費了好大的力氣才說服紫娟，我們有時間上的壓力，因此沒有事先徵求您的同意，請見諒！」如此草率的作業方式，讓白雪感覺不到榮譽。沒有多看他一眼，也未交換名片，只交代紫娟晚上到家裡來，就走了。

從信箱裡拿出堆積許久的信件，大部分都是沒有用的廣告信，在這媒體氾濫的時代，居然還有人願意相信到處散發宣傳單是有效的廣告。差點兒把那堆浪費資源的五顏六色廢紙丟進垃圾桶，白雪發現一張質感文氣的信件，便好奇地打開來，裡面是比叡山下一個小寺院住持的親筆落款邀請函。白雪和這住持並不熟悉，女兒喜歡那兒的環境，母女倆得空便一塊兒去住兩天，白雪對於宗教活動不感興趣，和住持吃吃簡單的安靜齋飯，就連閒聊都懶得費心，每回都是為了陪孩子，順便散心。

信函上註名了這次的年度法會，白雪搞不清楚那究竟是甚麼，一看日期是第二天，正準備丟掉，電話響了，那頭傳來小雪的可愛聲音：「媽媽！妳有沒有收到一張美美的邀請函，是明天耶！妳來嗎？我去接妳，拜託！」受不起那可愛聲音的招喚，即使自己才剛回來，也不得不去。

小雪開了一輛香檳顏色的小跑車，很少女孩像她那樣愛車子，不重視吃穿，滿腦子都是新款車，這項嗜好比甚麼都昂貴，幸好小雪還懂得節制，知道量力，超過能力範圍的就只看看摸摸就算了，要不，白雪真不知道要如何供應這心肝寶貝呢！

直接從機場走高速公路到比叡山，路越來越靜，夾道兩旁都是庭院深深的雅致圍牆，到了寺院的門口，因為已經超過接待時間而門庭深鎖，小雪下車按門鈴，事先打過招呼，不久就有人應門，寺裡面早已等待多時。廚房備飯期間，住持客氣地先招待茶點，方丈房裡有別的客人在，白雪向來不喜歡與人打交道，默默地坐下來用茶，完全視而不見…

由於住持的社交禮儀過度周到，讓白雪總把這兒當作客棧，完全無法與任何信仰活動做聯想。

才坐下來幾分鐘，住持忽然拿出幾張彩色影印報紙交給小雪分發，上面刊載了整版的報導，說明住持的修行歷史與資歷，他堅持每人要給一張，即使白雪表示看過就行了，可以轉給別人看，沒必要保留。好像在分發重要經典似地認定人家必然會帶走，卻又說：「媒體向來喜歡誇大其詞，這裡面寫的也並不完全是事實，我的修行沒有他們寫的那麼好…」從來不在住持面前開口的白雪忍不住說話了：「是啊！要修得好早就不見了，看得見的，都是修不好的。」說完還刻意地抬起頭來看他一眼，這才發現，房裡的另一個牆面坐著一個眼熟的人，笑瞇瞇地看著自己，正想回瞪一眼，這才想起昨天下午才見過這人…

「白小姐，這麼巧，又見面了，我想您還不知道我的名字，我是公視節目的製作人，杜青。」白雪勉強地回了一個日本式的禮：「幸會！」正巧廚房裡的人來請到大廳用膳，解除了白雪的尷尬。

空盪盪的禪房，可以看到院子裡的景緻，小花園整理得好像從來沒有人走過似的，坐在榻榻米上看著戶外佐餐，一道道小巧精緻的菜餚裝在不同的小碗裡面，看來不打算要讓人吃飽，然而真要吃完，還需要點時間與空間呢！小雪與媽媽相視一笑，她總是這樣可愛…

小雪可以在前一秒鐘撒野，而在下秒鐘立刻安靜下來，有時候，白雪看著女兒都有無限的迷戀與迷惘：是誰賜給我這樣迷人的孩子…

用完晚餐已經九點鐘，白雪不打算回到方丈的屋裡，而直接到園子裡面的客房，想洗個舒服的澡，和女兒躺在一起聊天，這是最大的享受了…

穿過石頭小徑與鬱鬱蔥蔥的林子，涼爽的風吹拂著秋天的氣味，又快要有香甜的紅柿可以吃了，腦子裡漂浮著每年的期待，身後忽然冒出男人的聲音：「白小姐是來參加明天上午的法會嗎？」白雪轉頭看到那個叫杜青的冒失鬼，之所以認為他冒失，是因為白雪並不想也不預期要認識這個人，他卻不斷惹人厭地靠近，叫人非常地不舒服。

「應該是吧！我不清楚明天的節目，我女兒比較清楚，我是來陪她的，基本上，我對宗教活動沒興趣。」說完了又懊悔，幹嘛交代得這麼清楚，原本想趕快打發他，卻不小心透露了自己的隱私，這是始料未及的錯誤，已經來不及補救，只好牽起女兒的手：「抱歉，我們想休息了，晚安！」

「媽媽！妳好像很不喜歡那個人噢！」挽起母親的手，小雪靠得緊緊的，一臉幸福狀，好像媽媽對陌生人的冷淡，更增加了小雪的幸福濃度。白雪捏捏女兒的面頰，還是這樣嫩，希望她慢點長大才好。「我根本不認識他，昨天在店裡遇到的，那個人一副跟我很熟的樣子，別理他！」

上午不到六點，寺院裡的鐘響，讓白雪再也無法入睡，本想耍賴，避過七點鐘的火供儀式，昨夜太早睡，只好起來。白雪看到媽媽早起，誤以為專程為了參加上午的活動，高興得嘰嘰喳喳介紹典故，白雪根本沒興趣聽，卻也不想掃女兒的興，任由她說著。母女倆走過好幾條彎曲小徑，才找到那座小佛堂，門口用竹竿掛了『大日如來火供法會』的白色經幡，才讓她們確認沒有走錯地方。若非那醜醜的經幡，這大門緊閉又安靜的佛堂，還真讓人不敢貿然闖進去。

門口有整齊的鞋櫃讓人放置來自各處的鞋子，白雪幫著女兒把鞋子放好，一轉身又看到了杜青，她很想裝著沒看見，女兒卻熱心地喊了起來：「杜青，是吧！我記得你了，趕快進去吧！他們好像已經開始了噢！」「早啊！謝謝！」杜青看起來比較嚴肅了，也許是要參加法會的關係吧！

佛堂裡面坐了三十多位善男信女，正前方的法座裡面居然燃燒著大火，住持背對信徒忙著投入一些東西，遠遠看著，增添了幾分神秘感。信眾們虔誠地念念有詞，似乎在為住持進行中的儀式助興，白雪選擇了屋子的角落做壁上觀，擺明地不與群眾坐在一起，有表明立場的意味。果然，住持在火供完逐一為信徒祝福的時候，避開了白雪，終於贏得了白雪的一點點敬意。

急著想走的白雪，出了佛堂就往客房走，準備拿了行李就要打道回府了。到了房間才發現小雪沒有跟來，拿起行李往外走，才看到小雪與杜青正說得起勁兒，不知在說甚麼，小雪看到媽媽，老遠喊了起來：「杜青要搭便車和我們一起上山呢！」

白雪決定坐在後座，讓杜青在前座和小雪說話，自己正好可以睡個回籠覺。

個性孤僻的白雪，向來的原則是只要變成小雪的朋友，就一律善待，既然杜青成了小雪的朋友，看來白雪只好接受他了。

走山的時候，白雪要不走在前頭，要不就故意落後，偶而接到杜青的眼神也技巧地迴避了，就是不願意正眼看他，久而久之，如有芒刺在背地，老覺得背後有一雙眼睛望著自己，怎麼都甩不掉，更是走得不自在，快也不是，慢也不行，最後她決定不玩這個遊戲，轉過身去，差點兒撞上迎頭而來的杜青，聽到小雪哈哈大笑：「媽媽！妳怎麼了，失魂落魄的，我們喊了妳好一會兒了，杜青擔心妳身體不舒服，正準備問妳呢！」一抬頭望見杜青那深邃的眼神盯著，他的眼睛不是黑色也不是棕色，那究竟是甚麼顏色，像海一樣，無法確認。「媽媽！」小雪走了過來，挽起白雪，一頭鑽進肩窩揉搓著撒嬌：「妳還好吧！」「媽媽有心事，別管我，你們繼續走，我不會走丟的。我正準備告訴妳，我不上去了，我到下面的館子裡等你們好不好，我想休息一下。」「好吧！一會兒來找妳！」小雪開開心心地走了，這有點不尋常，這孩子很少這樣容易就跟陌生人如此親近，頭已經發暈的白雪，不願意多猜測，只想坐下來，好好地享受這裡的寧靜與幽美。

大約個把鐘頭，他們就回來了，小雪嘰喳的樣子，好像是在跟自己的哥哥說話，完全不像是才認識的朋友，真是不可思議。「媽媽！杜青是唸宗教考古文化的噢！這一路上有他的講解，我清楚多了，哈！他比那個住持還有學問，真可惜！妳都沒聽到，要不然，妳也會大開眼界⋯」白雪已經開眼界了，從沒見過小雪服氣過誰呢！「謝謝你！招呼我女兒。」白雪由衷地感謝，一不小心又接上了那雙深邃的眼神，不及閃避地被鎖住了。「不客氣！小雪年紀輕輕知識淵博，又對宗教歷史這麼有興趣，真難得！」這人看來年紀不大，口氣不小。狡慧的小雪看出媽媽的想法，先發制人地說了：「杜青看起來年紀不大，可已經很老了噢！媽媽別小看人家。」白雪白了女兒一眼：「先點菜吧！別讓服務生站著等太久。」

杜青在京都有房子，邀請白雪母女過訪，小雪沒等媽媽表示意見就答應了，鬧得白雪也不好拒絕，只能跟著走。

往京都山邊的小路上大約開了三十分鐘的車，茂密的竹林子在下午的陽光裡搖曳著繽紛的光影，穿過林間小坡，路未變寬，卻忽然出現熱鬧的街景，附近的貴船神社讓這條朝山路越來越繁華，沿著山澗的小溪旁蓋滿了小館子，連溪澗上也架滿了茅草搭蓋的食堂，許多穿著傳統服飾的年輕婦女穿梭在林子裡跑堂，動作俐落有禮。在茂密的樹林下聽著水流聲進食，的確是一大享受，那些盤坐在竹蓆上的食客們，儼然像古代的清客登門拜訪，沒有絲毫的消費者濁氣，悠閒舒適，自成景觀。

正想著這兒的人氣居然沒有破壞美好的自然景色，心裡燃起一絲艷羨，駕駛座上的杜青打破沉默：「我在這兒出生，高中畢業才去台北唸大學，然後到美國唸完碩士、博士學位，又回到台灣工作，不過，每年的寒暑假期都會回來這裡住上一陣子，算是回家充電吧！我總覺得每個人都有自己的家，不論走到哪兒，時間到了，就必須回去補充養分，妳的家在哪兒？」這下問到了白雪的痛處，是啊！這不就是自己一直在尋找的答案嗎？白雪沒有回答杜青⋯

他很體貼地沒有繼續追問下去，看了一眼身旁熟睡中的小雪，很柔順地轉變了話題：「有個這樣的女兒真好，即使沒有家，也等於是回到了家，看到孩子，就是看到了家，不是嗎？」是的！小雪的確帶給她飽滿的溫馨，這些年來，她就是仰賴著孩子們活下去的：「小雪是個好孩子，她的哥哥常說：家裡有這樣一個甜蜜的開心果，外頭的糖果店都沒生意了。兩個孩子的感情非常好，我應該滿足了⋯」這玄外之音，難道是說她心裡有遺憾？杜青不敢冒失地發展好奇，他看得出她的敏感，一不小心就會惹惱了她，這輕聲細語的女人，並不像外表上看來這樣溫柔，她的韌性明顯地掌握在條理分明的應對上，鋒利的程度不亞於聰慧強勢的男人，這是那天在『京都情』裡的第一印象，目前為止，還不需要修正，清楚得像是家喻戶曉的『商標』。

車子開進了一個編織精巧的竹籬笆圍牆內，沒有預期這園子居然這樣開闊，視野忽然與外隔絕，豪放的歐式庭院呈現眼前，一個石塊堆砌的高聳別墅旁，座落著一個引人注目的日式老房子，開放式陽台上閃爍著夕陽餘暉，那騎樓式的地板顯然保持得非常整潔明亮，屋裡應該住著精於管理的人。

杜青敏銳地注意到白雪的視線：「那個老房子是我出生的地方，這棟別墅是我父母過世以後蓋的，爺爺還住在老房子裡，已經八十歲了，還是聲洪力壯，體力不輸給我這個只有一半歲數的人，我們還常常一起爬山呢！」小雪睡得正熟，白雪捨不得叫醒她，杜青一熄火，這孩子倒醒了，心滿意足地伸了一個大懶腰：「啊！到啦！好漂亮的房子，哇！還有媽媽最喜歡的芍藥花，好美噢！居然是翠綠色的耶！好大，你怎麼養的？」一個披著滿頭華髮的高大老漢打開別墅的大門出來，驚訝地看到這麼多人出現，杜青趕忙介紹：「爺爺！這是台灣來的白雪，這是她在日本讀書的女兒小雪，我們在比叡山一起參加法會，把她們帶回來讓爺爺練習台灣話……」「啊！歡迎！歡迎！」小雪撲上去抱著老人家：「太爺爺！杜青叫您爺爺，那我就要更小一輩……」白雪皺了一下眉頭，這孩子第一次到人家家裡就這麼親暱，真糟糕！

濃眉大眼的老先生笑得闔不攏嘴：「進來！進來！我剛讓廚房準備了起司蛋糕，這是杜青最喜歡的點心，快進來吃！」

屋裡的擺設非常西式，厚重的深藍色窗簾綁在落地窗邊角，只留下搖曳的純白色薄紗，微開的邊門吹進了院子裡的淡香，一時聞不出是甚麼味道，然而是宜人清爽的綜合綠意，小雪高興得忘記等人招呼，便一屁股跌進了那看起來非常舒服的深藍沙發，老先生似乎很滿意小雪的放肆，交代完伺立一旁的老僕，就自己進了廚房。

白雪注意到整個雪白的屋子裡，沒有任何多餘的擺設，看不出這房子究竟有多久的歷史，開放式的餐廳，可以一眼望見後院的花木，白雪被餐桌上盛放的白玫瑰吸引過去，沒想到，餐桌後的落地窗居然透視到山下的全景，可以想見晚上在這裡用餐的氣氛有多迷人了。

杜青的爺爺是建築史專家，收集了許多世界各地古建築的資料，杜青的史學素養是跟著爺爺培養的，只是他的目標轉向了⋯⋯

「樓上有三間客房，妳們要不要先去梳洗一下？這樣吃東西比較舒服⋯⋯」杜青不敢問白雪，眼睛是看著小雪說的，小雪一如預期地馬上歡呼：「好啊！我正想問呢！你真細心！」杜青幫著把白雪的簡單行李拿到了樓上，除了一間日式的房間外，其他兩間佈置得像飯店，這裡好像經常招待外客似地，「以前幫NHK製作節目的時候，常請同事上來開製作會議，比較能夠專心⋯⋯」他好像能夠在別人提出問題以前就解答了，白雪忍不住微笑著走進了那間榻榻米的小房間：「我和小雪喜歡在旅行的時候擠在一起。」杜青下樓後，小雪拿出盥洗用具到隔壁客房梳洗，讓媽媽輕鬆些。

小雪換上了寬鬆的卡其褲與白色線衫，白雪則在白色的寬麻褲上穿了一件淺藍線衫，小雪蹦蹦跳跳地下樓，白雪在後頭聽到她的驚呼：「哇！好美啊！」暗沉的天色，襯出餐廳外的夜景，餐桌上點了兩盞高大蠟燭，罩著白色桌巾的長桌中心灑滿了紅色的玫瑰花瓣，水氣猶存地顯示出那剛從園子裡摘取的新鮮，紅玫瑰上的幾盤磁碟子裡裝著各種包裹著餐巾的麵包，已經就座的老先生禮貌地站起來招呼：「趕快坐下來吃，麵包熱著好吃，杜青在廚房裡準備他最拿手的烤羊排，我已經好久沒吃到了，嘴饞著呢！」

湯是好幾種菇菌用鮮奶熬的，蔬菜莎拉的醬料滋味濃郁又不膩嘴，白雪嚐出裡面至少放了三種以上的新鮮果汁，杜青的羊排果然道地，柔軟度剛好，外脆裡嫩，多層滋味的調製，只有老饕才會注意的烹調方式，讓白雪終於明白：杜青出現在『京都情』，的確是出於賞識。

「那天在『京都情』很失禮，抱歉！」白雪由衷地致歉，杜青捉狹地答覆：「我也很抱歉，故意選擇妳不在的時間登門報導⋯⋯」「啊！妳就是『京都情』的老闆呀！杜青說了好多年呢！我也去過幾回，怎麼都沒見過妳？」老先生讚嘆地繼續說：「那是我吃過最講究的料理了，真是蓬蓽生輝呀！妳居然出現在我們家！」「不敢當！」

「我媽媽最麻煩了，甚麼事情都要百分百，缺一分不行不說，連多一分也不行，幫她工作的人好可憐⋯⋯」小雪得意地說著，好像沾光的人比那光源還亮些。「小雪，別扯媽媽的後腿，把媽媽形容得這樣可怕，以後不許妳來店裡吃飯！」這母女倆的對話，把老先生逗得好樂，吃得更是有滋味兒了⋯⋯「妳們以後一定要常常來吃飯，好久沒吃得這樣痛快了⋯⋯」杜青看了白雪一眼，她及時地避開了，忽然聽到空氣裡飄著Sheila Chandra的『寂靜』，白雪停下來側耳聽著，無法相信這忽遠忽近的聲音是真實的…「這是我在紐約買的，妳喜歡嗎？」在還來不及制止前，小雪已經搶著回答：「這是媽媽最喜歡的一首歌，這麼巧，你們家也有。」老先生似乎有意搭配小雪似地大聲說：「這也是我們杜青最喜歡的一張唱片呢！」

回台北後，杜青打過幾次電話邀約白雪去國家音樂廳看國外的樂團表演，都被她回絕了。

那天，小雪放假回來，剛巧有朋友送票，這場小提琴獨奏是大陸名家演奏的梁祝，小雪是黃梅調戲迷，不喜歡公共場所的白雪只好陪著去。座位是第七排的中間貴賓席，非常好的位置。

當演奏者拿起琴的瞬間，白雪知道沒有白來…

一個不需要琴譜的演奏者，全場兩小時的劇目，若非全心專注的投入，很難站立在舞台上，凡是從事『藝術』耕作的人都很清楚。他拉弓的姿勢就已經明白地告訴觀眾，這場音樂會能夠震撼到甚麼程度，彷彿關上耳朵也能看見那流暢音符的震動。一首曲子進行不到一半，白雪就已經淚流滿面，抑制不住地顫抖：背後遞來一條雪白的手絹，白雪轉頭接觸到那雙深邃的眼眸，吃驚得忘了接過手絹，小雪也發現了，高興地微笑打過招呼，幫母親接過手絹遞過去，又專注到舞台上，她非常了解母親的柔軟處，完全不受干擾。

中場休息的時候，杜青邀請白雪母女一塊兒吃宵夜：「小雪，甚麼時候回來的？也不通知我，真頑皮！」「剛下飛機呢！還好趕上，不然我就要傷心好久呢！真精采！媽媽就是這樣，演奏得好不好，只要看媽媽有沒有掉眼淚就知道了，國際標準賽應該邀請媽媽做評審，最精準！」白雪抓著女兒的手臂捏了一下，這口沒遮攔的女兒該節制了。

杜青開著一輛深藍的跑車，與小雪在日本的那輛車同款，上車的時候，兩人開始大談車經，不開車的白雪完全聽不懂他們在說甚麼，照樣坐進了後座，這兩個人已經成了忘年之交，還來不及制止的白雪明白這既成的事實已無法改變。

車子停在光復北路的巷子裡，杜青交給門口代客停車的人，便走進一個有小花園的餐廳，裡面有人現場演奏爵士樂，還好音量不是太大，空間不小的屋子裡只有鬆散的幾張桌子，點著亮度剛好的桌燈。小小的演奏台前有一塊空間，似乎是提供人跳舞的，只是現場三桌客人全在用餐，沒有人走進舞池。已經將近十點，居然還有人在用正餐，台北人真是多樣化的自由自在。

「這家餐廳的老闆是我唸大學時的同學，擔任過音樂社團的社長，朋友都是學音樂的，要不也是業餘的演奏家，可都還有一點職業水平呢！現場演奏的人都是業餘來這兒玩的，在台北玩音樂不能當飯吃⋯」杜青沒有讓白雪母女倆看菜單，就自己做主點了餐。

干貝白粥加上幾碟蘇杭小炒，一籠素蒸餃和芝麻包，這樣的餐點與現場的佈置氣氛格格不入，杜青看出白雪的不自在：「很好吃的，試試看！這是我們特地從杭州請來的大廚做的，雖然是家常小吃，功夫很細緻呢！」刀工與做工都沒話講，一眼就看得出來，味道不會差。白雪微笑了一下，心裡卻不太痛快杜青這樣觀察入微，自己好像被拔得光溜溜地無所遁形。

服務生在飯後端來了紅花茶，剛好去油膩，喝完這橘紅色的高原茶，舒服多了。舞台上換了一個中年的小提琴手，技巧純熟地拉著流行抒情樂，一聽就知道是玩票玩得很兇的樂手，額頭佈滿了生命的刻痕⋯白雪有幾分感動⋯

「我有榮幸邀請妳跳這首曲子嗎？」杜青突然出現在白雪身旁，以西方紳士禮鞠躬，把沒有心理準備的白雪嚇一跳，一時不知該如何回應…「媽媽！去啊！妳好久沒有跳舞了，我最喜歡看媽媽跳舞了，拜託！媽媽！求求妳！」杜青在白雪還沒來得及說甚麼之前，就伸手把她托了起來，技巧地轉進了舞池…

杜青帶舞的姿勢很舒服，溫柔順暢而不侵犯，讓白雪放心許多。

「妳太緊張了，我應該讓妳先喝幾杯好酒，妳會更舒服…」杜青忽然在白雪的耳邊細語，那癢，像電流般鑽進了白雪的身體，她想逃，杜青卻抓得更緊，完全不讓她有機會溜走…好不容易捱到音樂結束，聽到小雪的口哨與掌聲，白雪像被解救了似地鬆口氣，趕緊逃回去。

「小雪，不早了，妳剛下飛機就玩到現在，我們回家休息吧！」「我不累！」「媽媽累了！」「好吧！」小雪心不甘情不願地站起來：「謝謝你！杜青！我們今天玩得很開心，改天再來！」杜青看著白雪與小雪：「不用改天，我明天休假，全天候做妳的司機，如何？台北郊區有很多好玩的地方，妳一定都沒去過，妳媽媽整天躲在屋子裡，台北有些甚麼變化，她一定沒有我清楚！」「對啊！你怎麼這麼清楚，一副比我還了解的樣子。」小雪揶揄地看著杜青，似乎看到了他心裡的想法，杜青很高興地向小雪眨眼，一點也不尷尬。

白雪要坐計程車回家，杜青雖然知道她不想曝露居家地址，小雪及時拯救了他的渴望：「好啊！那麼晚了讓我們自己坐車回家很不紳士，也很不安全，而且，你現在送我們回去，明天才知道要到哪裡去接我們，太好了！」

第二天上午九點，杜青準時在白雪的公寓外按門鈴，紳士得讓人發笑。原本打算賴床裝睡的白雪，聽見女兒起床的聲音，忍不住到廚房去幫她準備早點，等想起不妥時，已經來不及了，再要堅持，反而顯得自己矯情，只好乖乖地回房間收拾，準備出門。

母女倆穿著休閒服一起出現在門口時，杜青鬆口大氣。

沿著故宮旁的道路，往平等里的山裡面走，杜青帶著她們參觀了許多小農場，那些埋在路旁小徑裡的農舍，若非熟門熟路，很少人會發現。杜青好像跟這裡的每戶人家都認識多年，一路收集著訂購的蔬菜水果，先送到一個隱藏在樹林裡的房子，交給一對夫婦，就又開著車到處尋幽探勝，拜訪了幾個以藝術工作做為生活重心的『享受家』。白雪不禁羨慕起這些人的灑脫，可以靠著很少的資源就活得這樣痛快，生活裡沒有『緊張』這樣的字眼。

太陽很賞光地為杜青開路，小雪與媽媽的情緒都很高昂，還不到十二點，大家的肚子都餓了，幸好，小雪先發難：「好餓啊！我不要走了，我要吃飯！」杜青哈哈大笑：「我也餓了，正想帶妳們回家吃飯呢！」「回家？」「是啊！我剛剛不是已經先買菜回家了嗎？他們應該準備好了，走吧！」

先前沒注意那房子，是因為外表實在不起眼，杜青與爺爺合作設計，仿照附近的農舍，搭建了這座隱藏在整個大環境裡的房子，外牆砌上的紅磚，完全與附近房子的質地相同，杜青居然大膽地沒有搭蓋任何圍牆，只簡單地圍上了竹籬笆，當然也沒有日本京都家的竹籬笆精緻，以免惹眼。

打開原色木門，屋裡的家具多半是竹製品，還真的很像農舍，只有講究的人，才看得出構造上的精細，以及擺設上的細緻，連窗簾都採用棉質的小碎花布，純白的棉布上印製的藍色小花，剛好與方形木製餐桌上的藍布相呼應，一大玻璃缸的野薑花放置在客廳的角茶几上，散發出濃重的香氣，杜青眼角掃到白雪皺眉，一個閃身就將那盆花挪到了屋外：「妳們要不要先去我房間洗把臉？裡面有乾淨的毛巾……」杜青的房間在一面牆後，沒有門，那面牆上掛了許多照片……

白雪讓女兒先去用洗手間，自己則在那面牆上瀏覽杜青的成長史，忽然看到一個熟悉的畫面…右上角的黑白照片區，整齊地排列著一個小女孩的成長…她的記憶一點點地醒了過來…小雪甚麼時候出現在身後，她沒有察覺，只聽到遙遠的驚呼：「媽媽小時候的照片怎麼在這裡？」白雪失去了知覺…

她在杜青的床上醒過來，沒看到小雪，杜青安靜地看著她：「妳想起來了嗎？妳一點都沒變，那天在『京都情』，我就認出妳了，我的樣子變了很多，妳很難…」白雪揮揮手阻止他說下去，她想起了那失去音訊的十年，然後，她就腦子空空地嫁給了小雪的爸爸，再也沒有這段童年的記憶…那稚幼的誓言…

杜青的父母在他十歲那年出車禍，爺爺小心地把他藏起來，不讓他與外界接觸，深怕杜青也會被老天爺帶走，一直到比叡山下那位住持登門，才解除了杜青的禁梏，這也是杜青開始對宗教產生興趣的最大原因。因為封閉了十年，讓杜青完整地保留了他對白雪的誓言…

白雪縮在杜青的懷裡顫抖…那隱藏了無限深遠的疼，一點一滴緩慢地釋放著，時間停頓了…她沒有欣喜，淚水不停止地流下，彷彿那本來就是一條河，可以不斷地流洩…

饗宴

大家都以為婚禮大功告成，
紛亂地忙著舉杯慶祝，
只有男主人含淚轉身進屋，
當夜未再出現。
大屋裡的暗影，
引起人人無限的遐思……

她被通知的時候，只有一星期的準備時間，這包括了餐具的購置與食材的準備以及現場的佈置，她必須籌備一個招待百人的婚禮，如果沒有紫菁的幫忙，她絕不敢答應，即使預算高得非常誘惑人。

紫菁有十年的婚禮佈置經驗，從各級飯店到私人花園餐宴會場佈置的豐富歷練，讓她看盡了人生最有趣的一面，她說：「可惜我不會寫，否則這幾年累積的婚禮故事若寫出來，一定很吸引人，不過，有的故事太血淋淋，太殘忍，若寫出真相，恐怕很多人都不敢結婚，那可是會影響我的工作…」根據紫菁的觀察，婚宴雙方家人的溝通互動方式，已經透露了這樁婚姻是否會幸福長久，有時候，紫菁忍不住問新娘：「這真的是妳要的嗎？」甚至她願意放棄蓄勢待發的籌備工作，再次確認：「只要妳願意，我可以犧牲這些材料，再想清楚一點，婚禮不重要，娛樂別人一天，卻要賠上妳的一生，這是妳的選擇嗎？」紫菁的工作花團錦簇，卻也常常陪著新娘落淚…

婚禮現場是在一個企業家的私人俱樂部裡，雪悅的老客戶一再拜託，才讓她接下這項艱鉅的任務，這位企業家除了指定餐點外，又設計了所有上菜的細節以及現場的裝置，雪悅雖只要照做就行了，卻也有許多執行上的困境需要仔細規劃。她與一家口碑甚佳的商務飯店商借二十名服務生與兩名合作過的大廚，仔細說明了當天所有餐點的特質與上菜程序，再三示範並要求現場實習執行的動線，才放心簽約。

會場在前一天晚上就佈置好了，有些花卉是現場栽種的，整座花園幾乎改頭換面，以藍色花卉為底色，再用艷紅色的當季花卉點綴，沒有多餘的複雜顏色，所有的走道都放置了綠白相間的鮮花燭臺，主人相當滿意，雪悅很慶幸這位紳士的品味與自己的習慣相當協調，省卻了溝通的時間。

還好這屋子裡有兩個專業廚房，讓雪悅輕鬆不少，否則這場義大利、法國、日本、墨西哥、希臘、德國、中國餐宴，肯定無法確實執行到令人滿意的程度。紫菁的部分雖已經完工，仍義氣地留下來協助雪悅。

高湯在前一天用牛腿骨熬製了八個小時，再去油過濾又急速冷凍過，所有的海鮮材料，都是當天清晨從花東海岸用專業冷凍車運送過來，肉品與蔬菜則請飯店代為選購，以確保品質。

花園裡的主桌是長長的凹字型，大約可以容納三十人，另外在兩側安排了十幾張小圓桌，餐檯則設置在走廊。除了第一道各種不同口味的法、德麵包與牛汁干貝牡蠣湯以及最後一道義大利海鮮麵是由服務生分別端到客人面前，其他的餐點則由客人自行取用。這三道主食必須在第一新鮮的熱度享受，否則原味香氣盡失，也白白糟蹋了材料與做工。

全白檯布遮蓋的凹字長桌上，沿著桌形以長藤鋪陳，裡頭埋進了薄荷草與香水玫瑰花瓣，坐在兩側的客人可以享受清香的空氣進食。每張小圓桌上都有一盆紅艷艷而熱鬧的鮮花，深藍色的餐巾與白色桌巾剛好襯托紅花的美艷，讓喜氣奔放地散溢，透明的水瓶裡隨時加滿有新鮮香草檸檬調味的礦泉水。

長廊兩側的餐檯上，有花色壽司與現做手捲、整條法式烤鮭魚、港式烤乳豬與中式點心、迷迭香烤羊排、墨西哥豆泥與脆餅、各種口味的德國與希臘香腸、日式野菜拌飯、茴香凱薩莎拉與鮮果汁野生菜、水果盅與堆積如山的各色新鮮水果、蛋糕與手工巧克力，無限供應的香檳、紅白酒與新鮮果汁，自動加溫的茶與咖啡。餐點不特別，但品質卻是被主人再三確認過才定案。

看到客人陸續到達後，雪悅才明白為甚麼主人要求做各國料理，這些客人都穿著自己國家的傳統服裝赴宴，整個婚禮變成了服裝表演現場，穿梭在不同的空間裡，彷彿進入電影畫面裡外交盛宴的現場。入夜後的燭臺，讓花園增添了神秘的美艷⋯⋯

雪悅一直沒有看到新郎、新娘出現，主人與兩對夫婦坐上主桌，就宣布上菜了，連紫菁也錯愕，難道是誤會？

大約兩個鐘頭後，看來主客皆酒醉飯飽，才忽然聽到遠遠傳來小提琴的演奏聲⋯⋯

當大家的目光轉向鮮花燭臺走道盡頭，似乎瞧見一穿著白紗的妙齡女子，手上拿著小提琴，一邊演奏一邊舞蹈而來⋯⋯所有的人都屏氣凝神地望著這目眩神迷的一刻，她的琴聲不斷，她的身形旋繞到每一位客人面前，姣好的面容向來賓微笑打招呼，沒有人能夠轉移追隨她的眼神⋯⋯長達三十分鐘的獨奏，終於結束在主人的面前，他走出來宣布：「這是我的新娘！」

這是紫菁十年來見過最出人意表的婚禮。

雪悅後來才知道，當天的主人一直以來都喜歡製造不同的聚會，因此大家以為這場婚禮只是別出心裁的宴客方式，沒有人當真，連新娘都以為這是一場遊戲，宴會結束後，才知道這次是玩真的…

男主人當眾拿出一只閃耀的婚戒對著提琴女郎深深一鞠躬，然後幽雅地詢問：「妳願意嫁給我嗎？」白衣女郎欣然配合將纖纖玉指伸出：「當然願意！」未料身旁忽然冒出穿著正式制服的牧師與律師，拿出證件要求雙方簽字，才震驚全場。

這樣的氣氛之下，要提出拒絕是很困難的，在眾人的虎視眈眈之下，她仍然如男主人早就預料的退縮了，驚惶地擁抱男主角，在他耳鬢悄聲說道：「謝謝你！但你明明知道我不適合你，不要勉強好嗎？事事如意並非美好的人生，答應我，讓我永遠喜歡你…」她親吻他的臉頰，在眾人的歡呼聲中含笑離去…

大家都以為婚禮大功告成，紛亂地忙著舉杯慶祝，只有男主人含淚轉身進屋，當夜未再出現。

大屋裡的暗影，引起人人無限的遐思…

我想做妓女

好像是尼采說的：
「每個女人的身體裡都住著妓女……」
沒有肌膚之親的愛情是虛幻，
不吃醋的情感是假象！

好像是尼采說的吧：『每個女人的身體裡都住著妓女…』我並非為自己的行為舉止找藉口，從來就沒有這種需要，否則也不至於被掃地出門無數回了，不是自誇口才好，事實上，從很小很小就認清了周遭所有人都希望妳說謊，那瞪視妳的眼神其實是在哀求：「拜託！說個謊吧！隨便甚麼都好！」我卻常因為說實話而挨打。

同情我？不必了！我其實有點戀虐狂，噢！別誤會，不是甚麼虐待自虐被虐的，而是，看著別人痛苦猶疑憤怒的眼神，讓我狂喜！呵呵！妳知道的，其實有點像高潮，不！比那個還過癮，想想看，我興奮得連挨打的痛苦都忘了，哪個男人曾經讓我如此痛快過？記憶搜索不到，嘿嘿！

有回全家人一起看錄影帶，楊貴媚演一個專門慰安第一代移民美國閩粵礦工的婦人，為了籌錢返鄉而解褲帶，因為不是專業妓女，所以價碼隨便收，只要客人能解燃眉之急就好，當年那群不准攜家帶眷出外打拼的異鄉人，就這樣靠著楊貴媚一個女人而活下來…老實說，我很感動，覺得她好了不起，簡直像是菩薩轉世，她甚至拿出自己辛苦積攢的錢捐給恩客，因為人家更急著回鄉…此時的楊貴媚真是美極了…我發出讚嘆，被老媽狠K了一記腦袋：「夭壽仔！」

我在合理化妓女的行業？哼！有必要嗎？我老媽開的茶館裡，小姐們明明就在賣春，卻不許人說，也嚴禁我過去探訪，我和弟弟樂得裝著一派天真無邪的樣子爬牆偷窺要東西吃，其實甚麼也看不到，我們並不想看到甚麼，真要讓我們看到日式拉門內的景觀，自己會先崩潰吧！但，腦海裡的想像是無法攔阻的，那個唐氏症女孩第一天上工被自己徐娘半老的母親打扮得妖魔鬼怪一樣，我們從此少了一個玩伴，為此，更證實了老媽的謊言：「她只是去幫媽媽端茶賺小費⋯」「媽！端茶不用搞成那樣吧！」

為了這貼心的玩伴，我大概有整整一個月不肯正眼跟老媽說句話，她才是夭壽仔！連個頭腦不清楚的也逼人去賣春，我明明就不小心聽到她們在談初夜的價碼，耳朵怎麼也關不起來，心裡的哀傷演化成臉上的憤怒，我打破迴避慣例正視母親的行業：「老媽，我也要去端茶賺小費，我要跟小姊姊一起上班！我比她漂亮多了，小費一定賺得比她多⋯」本想繼續口沫橫飛越講越認真地得意起來，被老媽一巴掌以及連串呼天搶地的哭鬧給打斷了，真可惜！（沒想到純真如彼，三個月後居然為了搶客人跟自己的老媽大打出手，但，我心裡可出了一口悶氣。）

我又不是真賣春，只是端個茶嘛！有甚麼了不起，沒想到平時橫行霸道的老媽也有罩門，那就是我！

我才初二，月經都還沒來勒！班上同學就屬我最慢，每次看她們內褲紅紅地跑廁所，我都很羨慕，為何我就不會也流幾滴血出來，人家可是一大灘一大灘地流呢！好歹也讓我滴個幾滴嘛！真沒面子！這番謬論，讓我在全班被孤立起來，每個人都瞪我。

這種情形之下，媚女裝不成，只好白天去跟男生打球，晚上隔牆偷窺閃爍的燈火自慰，不是那種，是自我安慰：「我家有好多漂亮小姐讓人光顧，妳們有嗎？哼！」雖然我從來不敢讓同學到家裡來玩，更不可能到處宣傳我媽開的店，我的天真是不得已，可不是真白癡。

傍晚時分，我剛好放學，那是一天中最快樂的時光，眾家姊妹一邊整理門面，一邊閒磕牙吃零食，她們的正餐都是：「客人請客！」我從來都沒機會跟她們一起用餐，但我喜歡蹲在地上看她們絞面修眉，邪瞇著眼睛哈草磕瓜子，數落前一晚的客人以及一肚子沒甚麼心腸的算計，不外乎是幾時可以買個更大一點的電視機，要比表姊還是姑婆家的大兩倍，或者幾時返鄉修厝之類的。

我家是個不算小的三合院，媽媽在外公過世後，租下隔壁鄰居的老房子開茶館，小姐們的宿舍就是我們空出來的廂房，因此中庭的院落就變成大家的化妝室，六點上工前，所有人都聚集在這裡說長道短地比美艷。

媽媽手底下究竟有多少員工，我並不清楚，因為隔壁的茶館是我和弟弟的禁區，據我所知，除了住在我家的十二金釵，還有當地上下班的兼差流鶯，因此流動職工也不少。這是有輕微唐氏症的阿春告訴我的，因為她的媽媽經常跟外面的小姐起衝突，人老珠黃要搶客人就只能比潑辣，有些在地的老客戶很吃這套，可以顯顯威風，彷彿這樣就行情看漲了。媽媽就是看上這點才留下這對表面上沒行情的母女，嘴裡說是做善事，其實算盤可打著精呢！這是美惠在背後批評媽媽被我聽到的。

美惠的年紀也不小，快三十了吧！阿春的媽剛好比她大十歲，這兩個人不知道是敵是友，大概上輩子是冤家，整天吵鬧，卻又經常勾肩搭背共商大計，讓每個人都霧裡看花，如果有一天沒聽到美惠嚷嚷：「阿花，死阿春媽，又偷我的面霜，一張老皮，浪費我的蓋高尚，比擦在屁股上還浪費⋯⋯」原本以為不是甚麼了不起的大事，卻也會演出全武行，鬧得所有人都得停下手邊的事去分開扭打成一團的兩隻火雞，還得趕快把我老媽請來開罵才能消彌這場爛戰：「妳們兩個老查某，比阿春還飯桶，要打就用力一點，一次打個夠，再打啊！」

阿花舊病復發，子宮大出血，卻是美惠抱著送急診室的，連診金也是美惠掏出存了好久的私房錢繳的，賭性堅強的阿花早就身無分文，才會逼得讓智障女兒也去賣春。老媽分文未出，只去了一趟醫院，罵了三十分鐘就閃人，甚麼都沒過問，好像也沒人敢指望老媽會突然善心大發。

妳一定會好奇我是幾時動念頭想當妓女的，對不？

我媽的茶館生意興隆，除了小姐多又熱鬧外，書讀得不多的老媽卻有獨特的品味，在這種鄉下地方居然堅持要求小姐們全部穿旗袍上工，款式長短不拘。那種畫面，遠近馳名，剛來上班的人都會抱怨：「穿這種外省婆的東西，走路都困難，有病！」但，不到一個月就發現妙處了：「夭壽啊！這款衫還真好用，隨便扭兩下，那些色鬼就掏錢買鐘點了，貼得我渾身舒坦，免人摸，自己就想要了⋯⋯」

穿旗袍有化妝的效果，醜女也會嬌媚起來。老媽說的：「這種破爛地方，上哪去找靚女？只能靠包裝啦！」從台北避債到高雄縣，老媽算是有種的，她逃走前仍跟債主們發出豪語：「人不死債不爛，我一定會還你們！」這也是我原諒老媽賺錢不擇手段的原因吧！配合著不去揭穿她的瘡疤，那些不屬於她的債務，她也可以賴掉的，隱居鄉下避不見面仍每月按時匯款還給債主，感動得大家都自動免掉了利息，幾年下來，老媽也不需再躲債了。

那天，我剛放學，就看到院子裡出現一個妳絕對不會忽視的亮眼身影，蓬鬆挽起的髮髻，看不出到底有多長，淺藍小碎花旗袍雖不貼身卻怎麼也遮不住那誘人的身材，高挑細長又窈窕，該多的不少又絕對沒有多餘的贅肉，側面已經勾魂，正面該有多媚？我家的院落從未出現過如此美妙的畫面，想起老媽曾經嘆氣：「這鬼地方，長得不好的才想賣，我真是⋯⋯」啊哈！終於出現一個夠靚的。

「死丫頭！又去野，天都快黑了，這是如玉表姊，記不記得？妳小時候最喜歡黏著她⋯⋯」我就說嘛！差點兒以為老媽的茶館終於有好貨，原來⋯⋯

我的直覺沒有搞錯，五官細緻甜美的如玉表姊，境遇跟老媽差不多，老公拿她當人頭開空頭支票跑路，害得她去蹲完苦牢還要被逼債，那年頭的經濟罪犯真多，聽說監獄都不夠使用，最後只得修改法律。這些女人生不逢時白坐牢，不過，一輩子被銀行拒絕往來也跟坐牢相去不遠了。

妳不用猜也知道，如玉表姊的出現，打翻了茶館的寧靜，傍晚的院子不再有說有笑，只聽得到竊竊私語以及眉來眼去的敵意，除了老媽和我，誰也不開心。

不過，這翻新人出現的榮景，也只維持了半個月，不擅交際又不肯真正下海的如玉，讓絕不過乾癮的鄉下人很快地失去興趣，現實的老媽也拉下了難得一見的笑容：「如玉啊！這樣不行噢！別看我這些小姐長得不如妳，看看人家怎麼招呼客人，學著點！」

老端著架子緊鎖眉頭的如玉表姊，有那麼瞬間，鬆開了嬌媚的容顏。

「四少爺，放暑假啊！找我們秀秀呴！」我一個箭步衝出大廳門檻時，眼角瞄到了那含苞待放的笑意：「哇！四哥，你怎麼變這麼壯，好噁心！」我的夢中情人正尷尬著，又挨了老媽一記：「死丫頭！妳哪天不瘋？不好意思，四少爺喝茶，我給你介紹，這是如玉，秀秀的表姊⋯⋯」我瞪了一眼不懷好意的老媽，拉著房東兒子往外跑：「你畢業了嗎？有沒有被當掉重修，你申請到學校了？好久沒對手打乒乓球了，快走，不然又沒位置了。」拐出巷子時，我刻意回頭看到一絲落寞，就這一眼，我和最喜歡的表姊之間有了距離。

之後，更證明了冰冷的如玉其實是座活火山。

我又不小心看到了不該看到的畫面，懊悔當初不該堅持讓表姊住到我的房間裡。這是我的第一堂課，性教育，沒想到是由我最喜歡的兩個人示範。

那天，老媽不知道哪根筋不對，非拉著我去做洋裝不可：「我給妳剪了最喜歡的鵝黃布料，好不容易才找到，裁縫說有新款，奧黛麗赫本穿的噢！妳不是最喜歡她嗎？」我喜歡不代表我要模仿啊！別人穿好看，掛在我身上就成了傻樣，我才不要，這點自知之明我還有。「房東請客，給老奶奶過大壽，妳給我穿得像樣點，乞丐似的，讓人以為我苦荼妳。」

就這麼前後兩小時，我的房間有了春光。

妳走到自己房門口，聽到那樣的笑聲，也會忍不住偷窺，絕不會像平時那樣直筒筒地衝進去。私密、煽情而軟綿綿的耳語，以及強忍壓抑卻遮掩不住的歡悅之情，弄得我臉紅耳赤，想不到聲音也可以有這種效果。

「又硬了？還說這是你的第一次，那麼貪心，都把我搓痛了，慢一點，不要那麼用力，慢！等我叫你快，你才開始…」我轉到竹林密佈的後院，悄悄地爬上敞開的紗窗，正好可以俯瞰背對著我的交纏，全裸鏡頭以及散落一地的衣衫，比我看過的色情片等級更高。

我半瞇著眼迴避某些不想直視的畫面，卻又忍不住怕錯過難得的色相。

如玉的雙峰果然一如眾人的揣測，高而堅挺，尺碼剛好，不像乳牛也不是墊高的蛋餅，我可以體會小四的撫摸揉貼不忍離去，連我看了也想試試。如玉享受著這黏稠的熱愛：「舔我，你把我捏痛了，用舌頭舔，大口含著，用力吸，對了，就是這樣，一隻手抓我的屁股用力捏，另外一隻手輕輕地摸我下面，把手指頭慢慢放進去，慢！輕一點，我教會你怎麼討好女人，再也不肯離開你…」如玉的手也沒有閒著，她摟著他的頸子輕咬，舔他的耳朵，另一隻手則不老實地握著我不想細看的部位。

糟糕，我的褲子濕了，趕忙揑手揑腳地去緊鄰廚房旁的廁所，還故意用力關門製造噪音，以示警告。

這到底是甚麼，黏搭搭的，我坐在馬桶上觀察這陌生的黏稠物，腦海裡仍盤繞著揮不去的肉體交疊，終於明白，這就是發春，老天爺！該死的傢伙，跟他打球這麼多年，從來沒出現過這種感覺。

正專心做蔥花蛋起司萵苣三明治，在土司上面塗著厚厚的花生醬，身後果然響起熟悉的腳步聲：「幫我做的？」「你想得美，只剩下最後兩片土司，剛打完球，餓得要命！」他盯著我剛切好兩半的可口美味：「給我一半，我也好餓！」「關我屁事！自己想辦法！」

這個暑假過得驚濤駭浪，我盼望已久的月經，終於落了紅。

說也奇怪，與其說是如玉開啟了小四的初春，不如說是小四導引了如玉的發春，她不再是茶館裡的冰山美人，不但來者不拒，甚至主動出擊，鬧得沸沸揚揚雞飛狗跳。

「如玉！妳是哪根筋不對，要嘛！得罪客人，現在又通掃通吃，鬧得姊妹們沒得吃，妳是來糟蹋我的，乾脆妳來做老闆算了，這間店頂給妳？」老媽終於發飆，如玉雖然刺激了茶館再度生意興隆，卻讓人沒有安全感，誰知道這是否一陣轉眼落幕的風雨，老媽的算盤可踏實了，如玉可以沒有，這幫子不成材的姊妹才是真正可靠的搖錢樹。

如玉捻熄了手中的半支煙，走過去摟著氣呼呼的老媽耳語：「表姨！妳放心，我改！我不會不知好歹！」同樣的血緣，果然厲害。我常懷疑，自己是老媽撿來的野種，怎麼，我就不這麼機靈，經常討打。

她說到做到，傍晚從外面買回來一大包頭飾，一個個仔細地幫姊妹們打扮，人人都知道她手巧，沒有誰捨得拒絕，就這麼輕而易舉地解開了一屋子怨氣，當天晚上便手攜手一起高高興興地上工，把老媽樂得又驚又喜。

自從看到那場鹹濕大戲，我開始好奇如玉在茶館裡的行徑，還得想辦法躲開弟弟的追蹤，爬到隔壁外牆的龍眼樹上，事先提醒阿春把窗子敞開，正好可以看到全景，而不會被發現，即使那笨阿春不時地往樹梢使眼色搜尋，但我知道她不可能看得到黑暗中的我。

還好，暑假作業早寫完了，我有整個上午可以睡大覺。

正在作著春夢不覺曉，褲檔濕漉漉時，被窗子敲打聲弄醒：「你！低級，你怎麼爬過來的？你怎麼知道這裡有路？」小四尷尬地涎著臉：「那天我看到妳在窗外偷看，別忘了，這是我從小長大的地方，我比妳還熟。」慘了！沒想到看起來很老實的小四並不老實。

我到底要不要讓小四看到他心上人如何上工呢？

不管是否要帶小四去我的秘密基地，妳都會認為我的動機是出於嫉妒，也許，有那麼一點，那是在他們上床之前，看完那幕春光，很意外地，我之前的強烈嫉妒頓時冷卻。而，我更想知道他會如何反應。

那天傍晚，老媽出外應酬，放心地把店交給人際關係大為改善的表姊，我則躲在房裡抱著弟弟搬回來的武俠小說練功，不再像往常一樣擠進花粉陣中聽八卦，因為我有半夜更好的節目可看，這當口得養精蓄銳，瞞過眾人的耳目，尤其是死黏著我的小弟。

半夜十二點，小四準時出現在窗外，我把房門鎖好，免得弟弟闖入，從窗口爬出去，輕輕地跳在草地上，小四體貼地伸出雙手想扶我，被我一腳踢開，逕自繞過後院小徑往隔壁的燈光走去，他默默地跟在後面，我沒有回頭看他的表情，卻以極慢的腳步折磨他，好不容易走到樹下，我指著旁邊的芒果樹，示意他上去，我自己則爬上了龍眼樹，他的角度不如我這邊可以看到全景，卻也可以略窺室裡動靜，若真有甚麼，定然讓他很癢，算是小小報復一下吧！

沒想到，這天晚上的鏡頭出乎所有人意料之外，運氣真準！

如玉抱著剛洗完澡穿著日式浴袍的阿春，在眾目睽睽之下把手伸進袍子裡揉著，阿春忍不住傻笑，如玉在她耳邊說了幾句話，她乖乖地閉上眼睛躺下，任由如玉在她裹著藍印棉袍裡的胴體上下其手地撫摸，似開未開地張開雙腿，露出白玉般修長的側影。沒想到，阿春的身材這樣好，我遽然嚥下一口口水，製造出讓自己深感羞愧的聲音，偷瞄了小四一眼，還好他看傻了眼，根本沒注意到。

約莫十多分鐘後，現場的男人開始競價，當夜，阿春賣出了茶館的歷史價錢，在眾家姊妹面前，風光地被抱進密室。

如玉則丟下一屋欲醉神迷的男男女女，悄悄地往屋外走去⋯

我爬下滿樹的龍眼順手摘一把，轉過頭來，才發現如玉含著煙站在我身後，她面無表情地看了我幾秒鐘，我也學著她的冷望回去，感受著心底升起的一絲敵意，忘了芒果樹上的小四⋯

「都看到了？」「嗯！」那又怎樣，就算老媽出現也不能把我怎地，搞不好她還會故意裝沒看見地躲開。

「我肚子餓了，我要去廚房⋯」「要不要我去茶館幫妳拿點吃的？」「不必，我只吃自己做的。」我才不吃那裡的東西，噁心！我本來就不喜歡吃零食，更何況是茶館裡那些髒兮兮的下酒菜。

「我也餓了，我們一起去廚房看看有甚麼可以吃的⋯」我沒有回應，逕自往回家的路上走，故意繞到大門外避開秘密小徑，知道她不會拆穿。

說肚子餓，其實是找台階下，沒想到她這麼不識相，居然還真的跟著我走進了廚房，真討厭！

打開冰箱，裡面只有一小盒鮮奶、半顆花椰菜和昨晚殘餘的烤雞，冰箱上頭放著兩根香蕉。

我拿出鍋子下麵條，在果汁機裡放進一根香蕉和牛奶打成糊，加進胡椒粉與鹽，把半熟的麵條放進果汁裡中火收乾，裝盤的時候放上雞絲與鹽水燙過的翠綠花椰菜⋯如玉默默地看著這一切，我掙扎了一下，分裝兩盤，轉身迎上剛走進廚房的小四：「哇！你該不會也餓了吧！真厚臉皮！」我已經不餓了，索性遞給他們一人一盤⋯

『那妳呢？』他們非常討人厭地一起出聲，我不耐煩地轉頭收拾鍋爐：「我不想吃了，沒胃口！」為顯示自己不在意，我只好看著他們吃。

不知道為甚麼，廚房裡散佈著某種奇異的寧靜，看得出來他們吃得很盡興。

「小乖！不知道妳這麼會做菜，幾時學的？」「啊！妳不知道嗎？她有潔癖，不吃別人做的東西⋯」「要你多嘴，趕快吃完滾回去，我要去睡覺了。」「我來洗碗，妳先去睡吧！我今天不去茶館了。」哼！才懶得管妳要幹嘛！

說也奇怪，就在她吃下我做的宵夜時，心裡的芥蒂已煙消雲散。至於接下來他們要做甚麼，我已經沒興趣知道了。

自從那天晚上的特別節目後，茶館裡籠罩著一股詭異的氣氛，原來的喧嘩不見，安靜了許多，就連原本震耳欲聾的音樂聲也忽然像是遙遠的呢喃，小姐們不再粗手粗腳地摔門丟盤子，反而悠閒了起來，有一種，說不出來的喜悅，瀰漫在彼此的舉手投足之間，美惠居然會順手幫阿珠端茶，阿花經過如玉身旁時，不經意地捏捏她的手指，會心一笑，從未見過那樣甜滋滋的笑容⋯⋯

我才消失一個禮拜，再爬上龍眼樹，景觀竟如此大不同。練完一百二十集蜀山劍俠傳的功，書裡的神仙們好像飛到了我家的茶館，分不清孰正孰邪。就連客人都斯文起來，沒有了咆哮打鬧。

一肚子不解地爬下樹來，到廚房去找東西吃，啃書啃得一整天忘了吃飯，老媽說我快要做神仙了。

用豆腐/奇異果/蕃茄切丁再加上蜂蜜與新鮮的檸檬汁，就拌成了清涼可口的沙拉，紅綠白相間的顏色又好看，再做一個青蔥辣椒乾拌麵，飢腸轆轆地準備大快朵頤，如玉閃了進來：「又做了甚麼好吃的，可以讓我嚐嚐嗎？今天還沒機會吃到飯，喝了一肚子的酒……」我沒有選擇地另外拿了一個盤子分她一半。

「妳為甚麼會對茶館裡面的事情有興趣？嗯！好好吃噢！妳真神奇，這麼奇怪的搭配方式，虧妳想得出來。」「以前是因為媽媽不許我們過去，後來是想弄清楚到底這算是甚麼行業，當然，最後還是因為妳，讓我膽子忽然大起來。」如玉理解地點點頭，繼續津津有味地吃著：「那，妳現在算是弄清楚了？」「大概吧！老媽那種表裡不一的德性，始終讓我不知道怎麼跟她對話……」「妳媽媽很怕妳，知道嗎？」「知道！很荒謬，我其實不希望這樣，我知道她很辛苦，可我覺得這是沒必要的，」「那，妳怎麼看我？」「媽媽過得是最不入流的生活，卻打扮得很上流，而妳，我看不懂，妳應該不需要來這裡的吧？我有十年沒看到妳了，跟我小時候的印象完全不同，妳現在像個陌生人。」

如玉忽然轉身脫下了衣服，背上的疤痕慘不忍睹，我把臉蒙了起來，無法細看：「我的老天！」那天只看到她美麗的乳房，難怪她始終沒把衣服脫光……

如玉的在學校的成績一直很好，大學考上第一志願的外文系，小時候母親落跑，老芋仔爸爸整天酗酒，沒有人理睬的如玉只能自己想辦法，她已經不記得是怎麼活過來的，只知道好不容易進了台大，可以靠家教勉強活下去，老爸卻進了醫院的急診室。如玉沒有告訴我第一次賣春的經驗，只說休學賺錢遇到了前夫，幫忙繳清醫療費用直到一年後父親過世，嫁過去以後，才發現這人模人樣的商人竟然是個皮條客，遇上條件絕佳的如玉，簡直如獲至寶地據為己有。背上的傷痕當然是在雙方價值觀差距撕破後產生的，能夠逃離苦海，也是同學的律師爸爸幫的忙，已經無顏留在台北的如玉，找到了媽媽打算療傷。

「妳不想再回學校讀書嗎？反正姑父已經不在了⋯⋯」如玉此刻的表情讓人終生難忘，她沒有立刻答覆，一絲悲涼掃過卻又泛起了淺淺的笑意，溫柔地看著我：「小乖！這還不是我最悲慘的經歷⋯⋯」

如玉為了感謝同學的律師爸爸，自然也用唯一的原始本錢去報答，而獲得了資助去英國讀書，卻在落腳不到一年的時間裡，大意夜行而遭到輪姦，幸好被路過的印度人帶回家，否則很可能死在路邊。和印度人之間的戀情不知是出於感激還是依賴，最後也因為他腳踏多條船的習性，而讓如玉昏死了好幾個月。

「小乖！我為甚麼不去找自己的媽媽，而要找妳的媽媽？我知道妳對自己的媽媽很不滿意，而我的媽媽，卻在我被醫生麻醉強姦後遺棄了我，那年，我才小學剛畢業…」我僵硬地淚流滿面，「妳的媽媽雖然市儈點，但妳該知道她承擔了多少事，她看起來冷漠無情，至少，她不害人，來這裡工作的全都出於自願，沒有人被逼下海，包括我在內，妳明白嗎？」說到媽媽，立刻讓我轉換了情緒，那股被淹沒的哀傷立刻轉瞬散逸。

我很想問她為何挑逗小四，話未出口，死曹操便出現了：「又有甚麼好吃的？妳們在幹嘛？」

如玉饒有興味地看看我又看看小四：「你是來找我的，還是找秀秀？」這一問，把我剛剛跟表姊拉近的距離又推開了，我悻悻然正欲離去，小四擋在門口：「奶奶叫我來問妳，八十大壽那天妳在不在，她好久沒看到妳了，妳去不去？我得回話…」「讓開！就說你沒看到我。」

「喂！秀秀！妳在幹嘛！」「我在看爛電影…」「既然是爛電影，幹嘛要看？」「關你屁事？我好奇，看看到底有多爛，可以吧！」「那妳趕快來看我，」「幹嘛？」「因為我很爛，妳好奇呀！」「低級！我要掛電話了，你到底要找誰？」「找妳啊！奶奶交代，過生日那天務必要請妳過來，她訂了好多妳喜歡的料理，還請到妳最喜歡的廚子做外燴，而且讓人給妳記下獨門配方，跟大廚說好讓妳參觀料理過程，妳不好再拒絕了吧！」媽媽早就三叮四囑地告誡我不可缺席，禮服都早早備好了，我就是不肯鬆口。

曾幾何時，小四變得越來越油嘴，自從看到他跟表姊在自己房裡淫穢後，早就失去了仰慕時期的靦腆，兇惡的本性越加地放肆起來：「懶得理你！」掛電話時仍聽得到聽筒那端傳來急切的嚷嚷：「唉！奶奶罵我了啦！」這話讓人聽了更氣，聽筒掛下的重響嚇了自己一跳。

「掛誰的電話，那麼用力？」氣呼呼地轉身看見如玉一身淺湖綠寬旗袍地出現，誘人的身影如春風掃過，說也奇怪，一腦袋被小四惹起的熱氣頓時無蹤，端詳著眼前的尤物，果然秀色可餐，怎能責怪任何被勾引的男人呢？

「上哪兒，打扮得這麼美？」我惡習難改地語帶譏諷，雖然心中無半點惡意。

如玉一點也不以為忤，暗忖她如此強悍的個性，居然對我始終好脾氣，反倒叫我心軟了，立即補上修飾：「有事出去嗎？我幫妳跟媽媽說一聲。」「我到隔壁去一下，就回來，給小四上課⋯」她捉狹地輕聲笑了一下：「我給他的性教育還沒上完，必須補課⋯」我裝沒聽見地打斷她：「小四越來越油嘴滑舌，我剛剛掛了他的電話，我要去打球了，拜拜！」彷彿逃亡似地衝了出去，如玉的半句軟語在身後飄盪：「妳不聽聽我要教他甚麼嗎？我⋯」

正是害怕她這種坦然，才把我嚇跑的⋯

如果不是因為小四的奶奶，我很可能再也不想看到小四這個痞子，我心想⋯

然而如玉的介入，卻讓我看見自己的另一面：我並不如自己想像的那樣討厭小四的日漸『邪門』。

狠狠地出了一身汗，來不及補充水分，就急急地衝進浴室沖涼，耳中漂浮著蕭邦那似怨不怨的順水柔情，原本冒火的肌膚也冷卻了下來⋯是誰這麼好興致？聲音太小，難以辨識方向。洗完澡，包起大毛巾回房穿衣服，才發現房門是半掩著，流動的鋼琴聲正從窗口的角落輕柔地散出來，一個電影般的畫面映入眼簾，還來不及生氣就震懾住了⋯

小四全裸地躺在我的床上，如玉的披肩長髮散落，正用手中玉簪在小四的身上遊走搔弄，那死小子閉眼享受著，似癢不癢地輕輕扭動，雖面對著門口也沒發現我的存在⋯「好舒服，我還要，再往下一點，就這樣，還要輕一點，妳怎麼知道這樣很舒服？」「噓⋯」

真叫人左右為難，是要進屋去拿衣服，還是就這樣轉身走開，懊悔著剛剛不該直接衝進浴室，這下可好，我哪兒也去不了，正準備躲進小弟的房間裡，踢到了腳下該死的電線，

「小乖，去哪兒？」既然被發現了，只好裝酷：「我要拿衣服，不想打擾你們，下次借用我房間，請先通知，小四，請不要躺在我床上⋯」如玉忽然閃到我身後往裡推，順手把屋中的最後一盞床頭燈給關了⋯「坐下來，休息一下，聽聽我剛買的音響，機器雖小，效果不錯呢！」為了確保我的存在，她幾乎是挨著我耳語：「我喜歡的蕭邦，最優雅的悲劇性格，完全在音符中流洩⋯」真想不到，如玉的聲音在耳邊搔癢，居然產生神奇的音效，我全然被制服地躺了下來，窗外的一絲微光，正巧讓小四的體型如潘玉良的油畫般在我對

面的床上呈現，我趕快把眼睛閉上。

如玉的寬鬆旗袍擠壓到了我的毛巾，我自衛地伸手包緊以免滑落，她躺到了我背後，不經意地揉著我的肩膀：「妳好結實，可別打球打得把臂膀給弄粗了…」婦道人家的見識，才被折服的好感又覆沒，雖渾身舒坦，仍想抗議，她卻比我快一步警覺：「妳聽！這是布拉姆斯，多麼柔情百轉…」

若說先前在門口沒有被勾動慾火，是天大的謊言，尤其是光溜溜地包在浴巾下，很難不引起遐想。然而，眼下卻彷彿被催眠了似地，舒服得甚麼也不願去想，就這麼永遠地聽著寂靜中的音符，彷若任由黏稠的法國巧克力在口中融化，幸福得不想醒過來…

「你看！小乖美不美？」朦朧中耳畔響起如玉的聲音，卻已換了位置，我仍躺在她那張香軟的床上，癱瘓得不想移動，時間似乎過了許久。對如玉那句讚美陌生又意外，想抗議而出不了聲，索性繼續沈眠。

忽覺得有個赤裸的身體貼到了我背後，原來包著身體的浴巾不知幾時滑落的，腦子驟然清醒，但也不敢貿然採取任何行動。

漸漸地，我明白這是小四，他好大的膽子，竟敢一絲不掛地躺在我身邊，看我不⋯

腦袋瓜不停地打轉，想了幾千種惡作劇，仍沒想出自己不丟臉又可以羞辱小四的辦法，時間過得越久越是緊張，直到累了，一放鬆，才發現胯下已一片濕漉漉⋯慘了！我更不能做甚麼了，現在是動則得咎，一個不小心被發現，以後再也別想氣焰囂張啦！唉呀！只求這兩個該死的傢伙趕快自動消失，我忍呀忍地，眼睛緊閉死也不張開，深怕自己會崩潰，眼下但求自保，已無暇顧及反撲了，平時的睿智與速度全然停擺。

我聽到如玉躺到了我那吱呀作響的硬床上，心裡奇怪地踏實起來，至少她沒有把我孤單地留給小四，我又放心地聽到了貝多芬的四號交響曲，噢！真好聽，尤其是這深夜裡⋯

小四仍一動不動地躺在我身後，我感覺到他的僵硬不亞於我的緊張，讓人放心不少，嘴角不自覺地笑開了，趕快忍住讓自己別笑出聲，把注意力轉移到對面如玉的動靜。

她彷彿在黑暗中更換CD，音樂停了一會兒又飄出了更輕柔的Sequentia，我們最喜歡的千年寺院修女梵唱，彷彿能夠將人的靈魂引入遙遠又遙遠的星空。

如玉又躺下時把小四招了回去：「來我這兒，你可以好好地看著她！」

我的懊惱從未如此跌到谷底…

清晨醒來，一室寧靜，昨夜春光如夢…

今天是小四的奶奶八十大壽，這麼多回的三催四請，我若再要不去，就真的太不懂事了，更何況老奶奶如此疼愛我。除了抵制老媽與迴避小四外，實在沒必要跟老奶奶過不去。

惺松睡眼走進浴室時，一頭撞倒老媽，「要死了妳，睡到下午才起床，還不趕快去隔壁美容院做頭髮，訂做的衣服給妳拿回來了，試穿一下，不合身趕快改，六點要去小四奶奶家，不可以遲到…」老媽仍在身後碎碎念，我關上浴室門沖涼時，在腦中追索著：「到底小四昨晚做了甚麼？」

好不容易在老媽眼中擺弄及格出門，簡直不敢探視鏡中的自己：「醜死了啦！」「少囉唆！趕快走，只能早到別遲到…」

翹著嘴巴，幾乎是半推半就地被拖到早已賓客如雲的四合院外，鬼魅一般跳出來的小四像喇叭一樣地大聲嚷嚷：「奶奶！快來看呀！您好大的面子，秀秀穿長裙耶！有腰身的噢！哇！我看不下去了，還畫了妝，做頭髮耶！」「死小子！別胡鬧！秀秀快來，坐奶奶旁邊，給妳講今天的宴席，保證妳滿意…」小四挨了奶奶一槌，故做委屈狀地跑開了，我順著他的身影，瞄到了如玉表姊的淡紫焉然穿梭賓客間嬌笑，這樣的場合，拿捏宴客分寸是她一展風華的最佳時刻，對比之下，我的羞慚惹出一絲妒意，臉色更加難看了。

「秀秀！乖！別理那個臭小子，奶奶一會兒再去修理他，別不高興，奶奶今天八十歲生日，給我一個笑臉…」身體健朗行動矯捷的老奶奶跟我一樣喜歡下廚，這才讓我們成了忘年之交，彼此比賽互換食譜，我從奶奶那兒學會了北方麵食與南方的細緻點心，奶奶則從我這兒嚐到了蔬菜水果調味的烹飪絕技，她總是說：「秀秀天才，秀秀是個大天才，奶奶拜服！」然後我就會快樂好幾天。其實，我才應該說：「奶奶天才，奶奶是個大天才師傅，教會了我見識南北饕餮大宴…」可我就是嘴巴鈍又臉皮薄，好話總說不出口，壓在心底發霉，怎就學不會老奶奶的嘴甜。

這會兒我找到了答案，看見小四在眾目睽睽下與如玉咬耳朵，我的身體直入冰櫃，僵得嚇人。老奶奶也覺察到：「秀秀不舒服嗎？還在氣？別氣！我讓小四給妳賠罪。」而我則墜入了『無法承認』愛上小四的網羅中…

如玉與小四在衣衫鬢影中交疊的畫面始終在腦海裡盤旋不去，我又不好老是當眾盯著他們，老奶奶願意出面干涉也好，免得自己老是心神不寧，眼前難得一見的精緻宴席都無法品嚐。

「小四，還不趕快過來坐在秀秀旁邊，要上大菜了，這可是我和秀秀的聯合新發明噢！不知道他們做得對不對…」沒想到老奶奶如此貼心，竟然真的實現一句戲言：「奶奶的獨門蛋皮捲豆腐放進我的香草酪梨牛奶中，顏色好看又爽口營養，試試看好不好？」這道看起來簡單做起來費工的『翠玉登黃』，著實讓講究的老奶奶猶豫了好久。豆腐必須事先調味，蛋皮更不能隨意，如何定型放入黏稠的酪梨醬中不變色變形又不味濁，更需費心。

小四乖乖地坐到我旁邊，吃了一顆定心丸不到半分鐘，如玉嬌俏的身影也挨著坐下，還惹人厭地舉杯：「恭賀奶奶與秀秀合作天衣無縫，這道菜比山珍海味還可口！」「可不是嘛！秀秀這小天才，老是給我出難題，一把老骨頭，被她逗得生龍活虎，奶奶還要在廚房裡跟妳玩到一百歲…」「奶奶，太少了，要破金氏世界記錄，至少一百四十歲…」「不要！不要！太久了，奶奶不想看到秀秀變老…」「奶奶！怎麼就只許妳變老，不許我老！」「奶奶心疼妳嘛！好好好！妳高興多久就多久！」「哇！奶奶好偏心，還說一見到我就心煩。」小四這回被如玉輕槌了一記，看在我眼裡更惹火。

為了掩飾心中的波濤，趕緊拼命大吃，裝作『很專業』的德性。「喂！好不容易今天穿得這麼淑女，別這麼大口大口地吃，不太雅觀耶！」我往小四貼過來的腳狠狠踩下去，咬牙輕聲擠出：「關你屁事！」沒想到他又大聲嚷嚷：「當然關啦！奶奶說今天要宣布我們訂婚的日子…」

腦中怒意上沖，顧不得滿堂賓客，我刷地起身往外狂奔，回家的路上，眼前除了宴席前如玉與小四如影隨形的畫面，就連昨夜交纏以及第一次在我房中洩慾的影子紛紛飄臨…好不容易拔下所有的束縛倒在床上，早已淚痕滿面…

有人輕輕敲門，我闔眼裝睡。如玉捏手捏腳地坐到了我床邊，柔聲又嚴謹地說著：「奶奶讓我來跟妳道歉，沒有事先跟妳商量，怕妳性子拗，如果事先說了，妳一定不肯來，不說嘛！就會搞成這樣，我們想來想去，都沒個主意，最後還是覺得不說比較好…」

「誰都看得出來，妳是奶奶心目中唯一的孫媳婦人選，妳不要急著否認，大家都怕了妳這牛頭脾氣，誰也不敢惹妳…」

「不知道該不該跟妳講，妳答應我不發作，我就說…不吭氣，我就當妳答應了？」

「我是奶奶千挑百選的奸細，專對付妳來的…還不理我？」我動了一下，表示回應與驚訝…

「這件事只有我和奶奶知道…奶奶希望妳是真心喜歡小四，不想委屈了妳，日後怨她…奶奶更希望小四能真的愛上妳，免得往後虧待妳…」這就奇了，我差點兒憋不住坐起來，強忍著不動聲色。老奶奶若真這樣算計我，再也不要看到她老人家，可惡！

「唉！我也很矛盾，不想妳這麼早就要沾上男女情事，不好受呢！是吧？可奶奶心急，怕等不到抱孫子…」啊！太過份了，我才剛要上大學耶！

「奶奶是過來人，見過大場面，她老人家說：『沒有肌膚之親的愛情是虛幻，不吃醋的情感是假象！』我被她說服了，這些事情妳遲早要知道，與其讓外人傷害妳，不如自己人教會了妳，這樣有點兒揠苗助長，到底踏實些，至少，我們不會害妳…」我再也忍不住了…

「妳太過份了，和奶奶聯合起來算計我，還有一番大道理，我說呢！奶奶怎麼由著你們眉來眼去，一點不知羞…」這番冒失的表白，惹得如玉哈哈大笑…

「身在福中不知福，誰家有這樣一個通達情理的奶奶，她唯一的寶貝孫子都沒有妳這樣嬌貴…」然而眼前的如玉就讓我抬不起頭來…

我要立志做妓女！我瘋了！是的，我氣瘋了，我最敬愛的老奶奶竟然讓一個妓女來教會我怎麼去做她寶貝孫子的媳婦？

「那顯然小四選擇愛妳，而不是我，假戲真作的感覺不錯吧！」如玉未料我會如此回應她的委曲求全，緩緩起身離去。

我不動聲色卻性情大變，心裡面塞滿了亟待爆炸的傷痛，周遭的所有人對我而言彷彿草木皆兵，失去了以往安全的信賴感，就連傻氣的阿春都顯得賊兮兮的不可靠，把自己弄得憔悴不堪，精神恍惚，乾脆倒塌，生了場大病。

數年後，如玉為小四生了孩子，我悄悄地趁小四不在去看嬰兒，由於經驗不足，孩子全身長滿胎毒造成的膿瘡，我既心疼又滿意地發現了自己的惡毒，腦中閃現的字眼就是『活該』。還好，媽媽說孩子治療兩個月就痊癒了，不然，我還真以為是自己的毒咒產生效果，而要懊惱一輩子了。

闖進流星雨

人類真是不可思議的生物，
拼了命似地在燃燒自己，
生態、資源的瘋狂消耗就罷了，
連腦力也不放過……

杜雪正在螢幕上畫一隻狗，她很仔細地為牠裝扮，彷彿牠就是一個人類客戶般，用最新奇的配色與飾品打點，讓牠可以風風光光地出門。杜雪目前只接受狗和馬的訂單，雖然有許多人曉以大義，激勵她在年輕有活力的時期多累積戰果，可是她心裡明白，每件作品的出爐都那麼獨具一格地讓人興奮，實在是出於她的懶惰，如果她不夠懶惰，早已經是個不新鮮的生產機器，也就不會有這些門庭若市的訂單排隊等她挑選。她的勤奮已經在幼年訓練期消磨完了，如今，她可以心平氣和地工作，要歸功於那魔鬼般的訓練師。

杜雪是杜老從彗星隕石中檢回來的。每一次的千禧年前後都有為期三年的流星雨，杜老算準了這次獅子座的流星雨會為自己帶來等待已久的接班人，既期待又焦慮地苦候三年，才在獅頭山的小樹林裡找到她，那時她在一個Iris粉紫花般的隕石裡，真不可思議，原本以為生命是陰陽同體的組合，沒想到，這尚未啟動生命跡象的石頭，已經明明白白地呈現了女性的色彩。杜老看到她的時候楞住了，又氣又急，又憐愛又惱火，他焦急守候的是個健壯的小夥子，可不要個來陪伴談心的小女娃兒，他急著走人，不想再留下來。手裡拿好銀針，瞪著她，一時不知道該不該放她出來，或者，可以等到另外的機會：右腦的藍線已經告訴他，附近沒有其他的生命現象了。

杜老抱起冷卻的粉紫隕石，這石頭已經掉下來一整年，從岩漿般的高溫逐漸降低到攝氏五度，冰冰涼涼地，杜老可以感覺到厚厚的岩石裡裝著一個有溫度的小生命，這餘留的五度就是她傳出來的訊號。巴掌大的石頭，還滿有一點兒重量，大約有七、八斤重，對一個嬰兒來說太重了，可是，她不是一般的嬰兒，這七、八斤裝載著杜老等了一千年的資訊。

坐進越野車裡，眼角瞄到一線銀光，轉頭細看時已不見了，看看放在駕駛座旁的Iris，算了，既然找上門，總不能丟下不管。杜老忘了拿出測量器去追蹤那一線銀光，太相信那條右腦的藍線直覺，害自己又要多留一千年。這個小島真害人，亂糟糟地沒個章法，自從搬來這兒，頭腦越來越昏，可偏偏降落地點選在這裡，否則杜老早就逃之夭夭，悶死人了。

不知道是不是因為自己的懊惱，自從把杜雪從Iris石塊裡拿出來，杜老一刻也不放鬆地訓練她，她自己帶來了訓練課程，以及交給杜老的訊息（家鄉的新聞快報讓飢渴的杜老埋頭苦幹，根本沒心情理會這女娃兒的需要），杜老一一破解密碼後就把杜雪放進程式裡，之後好像跟自己沒關係似地，一個人躲起來喝咖啡吃新聞快報。連杜雪這名字也是她自己取的，一落地就感到杜老的房子像冰窖，跟他討了一箱蠟燭，自己回房間點起來，就鎖進程式裡，每天五點日出後才出來喝香草茶（自己到附近採的，杜老選的地區還不壞，雖然離市區不遠，卻像個處女地一樣長滿了野生植物），上網瀏覽一個時辰，又鑽回程式裡繼續工作。杜雪要跑完這些課程，至少要十年，每天二十個小時不停歇。

杜雪不知道為甚麼會在給小狗綁絲帶的時候想起往事，看著螢幕老一會兒才發現那絲帶正巧捲起Iris的藍紫皺紋花瓣，傻氣地垂掛著，她笑了…… 多年來，她一直想找出讓杜老笑的秘方，始終沒能成功，杜老已經在地球上三千年沒回家，簡直氣炸了。

杜雪從十歲起（地球人的計算方式）就開始上網工作，沒有人知道她幾歲，反正她定好規格與價碼，訂單來了就工作，誰也不管對方是何許人物，除非，遇上以物易物的高手，才會對談幾句。

方哲就是這樣認識的。他有某種與杜雪相同的特質，除了和杜雪一樣運用網路工作，從不現身，也是少數不用數字去交換生存機制的，也就是說他沒有帳號，沒有金融管線，只用物品交換他需要的東西。杜雪倒沒有方哲那麼與世隔絕，她依客戶的需要交易，從來不堅持，也很少遇到麻煩的客戶。

杜雪的工作是製造網路玩具程式，不過這玩具除了美觀，還有服務的功能，幾乎是最佳僕役，她根據客戶傳送的個人資料，為他們量身打造貼身玩具，滿足各種需求。有的需要談心伴侶，有的訂購營養師，也有懶人訂製十項全能娃娃，就是灑掃庭除外加百科全書，甚至定時定量的訓練師（杜雪自己就是個訓練師產物）幫助人培訓各種嗜好或特殊技能。杜雪的客戶都是網上來網上去，因此也沒有職業道德的困擾，誰也不認識誰，卻都彼此清楚對方的功力等級，過招兩三下就知道了。杜雪從來沒有洩漏過自己的底細，因為她很謹慎地掃描過目前地球科技的層次，才拿出自己資料庫的一部份運用，否則早就被抓走了，天知道會被拆解成甚麼樣子。

方哲也和杜雪一樣是個謎，第一次交手就發現了。那天，螢幕上出現一筆以物易物的訂單，簡單有禮貌地詢問可能性，他是這樣說的：「我需要妳的動物，知道妳只做狗和馬，我不要妳的人類，每個月固定交貨，提供有機香草及加工製品做交換，若可以，我會立即傳送交換物品清單。方哲」杜雪的網路讓人自動選擇交易付款方式，這個欄位很久沒出現訂單，讓杜雪眼睛一亮。她迫不及待地回覆：「我很樂意做這筆生意，請問您是如何知道我需要香草？」沒想到，他居然等在螢幕邊（不知道是故意等，還是碰巧看到）立刻回覆：「很好，我先送香草樣品過來，妳確認品質後，我再告訴妳我需要甚麼。至於……我知道妳很久了，抱歉！根據我的觀察猜測的，如果妳覺得被打擾，我致上歉意！」啊！被他說破，反而不能顯出自己小家子氣：「沒關係！我等你的香草樣品和訂單，我再告訴你我需要的數量。」

杜雪第二天就從郵局的信箱裡拿到方哲的香草樣品，還是在郵局工作的杜老通知的，他沒好氣地透過內線到家裡按鈴大吼：「好大一箱包裹，自己來拿，我搬不動。」杜老養育杜雪的十年裡，找到郵局的工作，很不情願地曝光，每天都鑽進郵件裡捱到下班，從來不跟同事打交道，久而久之大家習慣了，對於杜老的來歷也沒興趣打探，反而相安無事。

通常以物易物的多半是自耕農，這種人不太需要杜雪的產品，都是為自己的子女訂製訓練師，方哲是個例外，他每一年需要六匹馬和六隻狗，隔月交替，按照五行八卦與天象決定顏色，有的時候遇上銀河軌道偏離，就要杜雪幫忙推算（他怎麼知道杜雪的專長是銀河？）就像他從來不告訴杜雪為甚麼要這些動物，他也從未解釋認識杜雪的管道，這讓杜雪很鬱悶，卻不願示弱催迫方哲回答。這件事也許應該問杜老，可杜老的撲克牌臉讓人開不了口，也就擱置了下來。

和方哲交易快十年了，他配置的香精已經變成杜雪每日不可或缺的糧食，沒有任何地方的產品可以比擬，杜雪曾經很惡意地搜尋，希望能夠找到擊敗方哲的產品，卻反而證明了他的獨門絕技，這項地毯式的網羅，讓杜雪成為香草專家，本來只採食野生香草，然而方哲的培養香草勝過野生的力道，並且產生奇異的暖流，香氣有舒緩按摩的作用，對工作量越來越重的杜雪來說，來的正是時候。杜雪只能檢驗出方哲配製的成分，始終不清楚他是怎麼組合的。每回，杜雪有症狀，就傳送自己的體能數字，方哲總能在十小時內送來杜雪的糧食，精準周到。

後來，方哲沒等杜雪開口就說了自己也有個訓練師。那天，方哲忽然送來好多粉紫Iris，而且是用透明紙包裝，自己送到郵局去，他根據信箱號碼找到杜老，沒等杜老開口問，就說：「這是給杜雪的二十歲生日禮物，花瓣脆弱，只能保鮮三天，所以我自己送來，麻煩您！」一大把塞給杜老，沒讓杜老發飆就走了。當然，這股氣就轉嫁到杜雪身上：「妳上哪兒招惹來一個瘋子？我警告過妳不可以洩漏身分，那是誰？」杜雪聞到花香（不是Iris自己的香氣，方哲灑上了杜雪的專用香精）知道是誰：「是個以物易物的客戶，您不用緊張……」避開杜老狐疑的眼神，杜雪安靜地回到螢幕上工作，這是對付杜老最好的辦法。

杜老因為在地球過久，失去了嗅覺，這大概是他生氣焦急的原因，再不回家，他連其他的功能都會逐漸消失，他害怕凌遲死亡的感覺，一點一點地失去，這是一種羞辱，他說。其實，他是用吼的，他一直認為是杜雪害他回不了家。不過，也因為杜老沒有嗅覺，讓杜雪著實享受到冰雪中的溫暖，盡情地灑滿一室清香。

杜雪在窗外滿天的星斗裡給方哲寫信：「謝謝你的Iris，我讓你猜到生日，只能佩服你的推算技巧，不過，你害我差一點被我的訓練師開除，下回，請不要如此莽撞。」按下送出鍵，杜雪開始懊悔居然透露自己有訓練師，愚蠢極了！他為甚麼輕易地贏得了信任？這讓杜雪的生日升起寒意⋯

幸好，方哲立刻回覆：「我也有訓練師，很能體會妳的處境，不用擔心！」打消了杜雪的疑慮，卻也引起二十年來第一次的好奇：「你是誰，從哪兒來？你的訓練師在地球上多久了？」這是杜雪自己的問題，卻用來問方哲，話已出口來不及收回，卻像是吐出了二十年悶住的一口氣般舒暢。「我是和妳同一天出生的，只慢了半個小時，我在殞落的時候，看見杜老抱起妳，卻無能阻止，只好將錯就錯，讓傅老帶我回家，傅老很幸運，把農場交給我就回銀河了，本來傅老比較年輕，應該可以再熬一千年，而且他也喜歡女娃，不過他更想念自己的家，就拜託我不要揭穿，杜老知道了一定會很生氣，反正他一直都是孤家寡人，讓妳陪陪他也好，也許修正他的脾氣也不錯。」杜雪苦笑：「我向來不敢招惹他，哪裡能夠修正他？」心裡納悶方哲清楚的事情，怎麼杜雪一點兒也不知道。後來才發現，方哲已經來過地球三次，才會如此熟悉，至於杜雪自己，方哲說：「妳的訓練程式杜老並不熟悉，因此只能部分解碼，其他的傅老已經交給我，等妳和杜老確定信任我之後，我才能幫忙。」

打破了神秘疆界以後，杜雪與方哲的通訊更直接而密切。他們計劃找出別種程式讓杜老提前回家，以往銀河系藉由流星雨傳送資訊給地球的管道，掌握在固定的程式裡，從來也沒有人嘗試突破軌道，改變程式。杜雪雖然熟悉銀河之間的遙感軌道距離推算，卻對銀河系裡的五行變化完全陌生，至於這古老的程式從何而來就更摸不著頭腦了，方哲似乎比自己要老練，成足在胸地推敲，他說：「我們每次到地球值班都要停留一千年，等到每個千禧年的獅子座流星雨，才能藉用彗星群集的燃燒磁力闖進銀河系往返地球，萬一錯過就會延遲返鄉還原的機會，可憐的杜老，他的能量已經太低，再要等待下一個千禧年，我怕他熬不下去，靈魂萎縮就麻煩了⋯如果，我們修改程式，利用小一點的彗星群，也許可以闖一闖，杜老在地球停留三千年，能量大幅降低，這個嘗試並非不可能⋯」

方哲進行銀河大搜索，排出最近百年的星群，再劃出五行流動的方向與速度，列出八卦的引力，從舊軌道裡找出闖關的縫隙，他讓杜雪進行一項創舉，設計銀河飛馬讓杜老乘坐，否則以杜老目前的能量，是無法單獨進入銀河系旅行的。

這太恐怖了，杜雪懷疑方哲當年故意慢了半小時到達，讓杜老回不了家，方哲才有機會做這樣的實驗，就算杜雪的銀河飛馬可以運送杜老，她也不能確認方哲的計算程式可以正確無誤地把杜老送回家，到底要不要告訴杜老呢？

杜雪不敢冒險，萬一杜老翻臉，封鎖對外聯繫通道，杜雪就要跟著一起陪葬了。方哲說：「等我們準備好，再告訴他⋯現在不是時候⋯」杜雪看著螢幕上的字跡，不清楚到底要不要完全信任依賴他，方哲堅持用手跡，從來不打字，這也是第一筆交易立刻吸引杜雪注意的地方，他的字跡粗大有力，讓人產生安全感，方哲常常提醒杜雪：「運用妳的直覺，右腦的那條藍線非常重要，杜老就是因為停留太久，直覺遲鈍才會惡性循環地滯留下來。只要妳的藍線通暢，解碼也會自己出現，妳就不需要傅老的密碼，其實，時間過了這麼久，磁力與符號已經產生誤差，我能幫妳的很有限，這也是我一直不主動積極告訴妳真相的原因。」

方哲是在第二次進入地球時與杜老一起出差，那時，杜老第一次出任務，非常興奮，像個孩子似地跳上跳下，差點兒偏離軌道，如果不是方哲一路綁著他，後果不堪設想，這也是杜老一進地球就再也不和方哲往來的原因，方哲返鄉才發現杜老錯過了回家的時間，只好第三度進入地球，而這趟旅行是故意安排的差事，如果不讓杜老受點教訓，他是不會心甘情願接受次序規範的。杜老並不知道回家吸收能量是唯一的生命力量，誤以為太陽系的光源足夠補充，其實太陽系只有能源沒有磁力，是外太空生物的致命傷。杜老在地球久了，遇到的都是超低能量的生物，渾然不覺自己的能量急速下降當中，直到錯過這次返鄉路，才發現地球三千年已經耗盡了九成的能源，再不回家，他只好埋骨太陽系風化了。

杜老每天回家看到杜雪就有氣，卻也抱著一絲希望，也許哪天在她的藍線裡找到救命元素，只好賭一賭了，杜老的頑童劣根性始終未能改變，他知道杜雪在進行一些甚麼，卻不動聲色，賴皮地等待救援。

方哲推算出送杜老回家的路線，而同時杜雪根據五行路線圖配置出火紅、土黃、水黑、木綠、金白的銀河飛馬光譜色系，在外圍包上Iris的粉紫岩漿做為衝破大氣層的助力，過了大氣層，進入太陽系，銀河飛馬就會發出火紅光譜速度前進，依次轉為土黃、水黑、木綠、金白的光譜速度，也許就可以取巧地將杜老這個頑童送回射手座。

可是，無論如何，還是要測量杜老的實際能源存量，才可能計算出精確的五行路線以及銀河飛馬的質子動力。於是，方哲和杜老的會面不可免，上回方哲故意親自送新鮮的Iris，似乎早已埋下了伏筆。杜雪大可以會見網友的方式邀請方哲來家裡，乾脆讓杜老誤解到底。然而，這真的僅止於誤解麼？

當方哲提出要登門拜訪，杜雪立刻回應：「對呀！」完全忘了杜老謝絕訪客的禁忌，這段時期的互動，滲透了杜雪平靜無痕的生活，從未接觸過人群的杜雪開始上網研究人類活動，她不希望完全無知地面對方哲。參加旅行團似乎是個不錯的主意，既可以認識各種人，又能夠避免過多的交往造成曝光危機。

杜雪開始以網頁設計師的職業身分登記參加旅行，還好個人工作室多如牛毛，沒有人會質疑杜雪的來歷。

杜雪告訴方哲必須先旅行收集資料，認識地球組成成分後，才能夠技巧地設計銀河飛馬，原本以為要費很大的力氣說服杜老，沒想到杜雪只說了：「我可不可以自己去旅行慶祝二十歲生日？我想我應該⋯⋯」話還沒說完，正在看報的杜老頭也沒抬地回答：「妳自己安排，把行程表留給我就行了。」

第一站就選擇非洲，因為那裡有最原始的古老文化遺跡，地質成分結構複雜多變，生態種類多樣，不過，吸引杜雪注意的是網路小道新聞報導：『東非共和國總理呼籲：兩年內愛滋病正以驚人的速度成長，本國人的平均壽命已經下降到三十歲以下，如果再不設法控制，這個國家將從地球上消失⋯⋯』杜雪注意到美國利用金融霸權侵蝕弱小國家的經濟，同時掌控全球藥物生產專利配方，造成亞、非洲國家的發展停滯帶來相對貧窮落後的災難，愛滋病正是標準的國家貧窮病，沒有適當的食物及水源，餵養了新世紀黑死病。她要親眼看見，拍攝現場，將報告送上網路，既提醒人權協會，也希望引起家鄉人的注意。

接著又去了中東，這是個物資豐富、思想封閉的地區，壁壘分明造成長期種族衝突，思考邏輯單一化，彷彿一層層地幫自己圍上固若城池的監牢，拒絕探看自由的天空。

經過印度洋，來到哲學思想古國印度，卻發現這用腦過度的國家，完全是非理性地生存著：杜雪一路想著：「人類真是不可思議的生物，拼了命似地在燃燒自己，生態、資源的瘋狂消耗就罷了，連腦力也不放過…」

提早回家的杜雪給方哲寫信：「我無法完成全球之旅，已經回家，我的精神嚴重受損，需要治療，請盡快給我新鮮的香草。」杜雪在電腦前發呆，方哲過了好久才回覆：「我不在家，目前人在美國，正在說服三十九家藥廠提供免費愛滋病處方，否則放手讓印度人拯救非洲，WTO簡直是個吃人不吐骨頭的組織。我用最新香草研究配方做交換，明天就回來，等我，通知杜老我要登門拜訪。」

杜雪又驚又喜，他居然採取行動，快得迅雷不及掩耳，杜雪的耳鳴頭疼不藥而癒，興奮得不知道做甚麼才好，把關掉許久的音樂打開來，換了好幾張CD，沒法子安下心來，腦海裡不斷地迴旋著方哲的話語，是巧合還是偶然地做了杜雪夢想不到的事，又同時計算出杜雪的需要，此時此刻，正是杜雪想見方哲的尖峰時刻，連時間點都抓得這麼巧，越想越叫人心浮起來。盤算了幾百個邀請他來家裡的理由，該如何向杜老開口呢？情緒上上下下地起伏，臉都燥紅了，只好走出房間，打算去後山採些香草，琢磨著做個小巧精緻的餐點招待客人，這個家從來沒有訪客，這是頭一回，向來氣定神閒的杜雪也著急了。

走出房間，剛好撞見杜老準備敲門，兩人杵在過道，一時不知該說甚麼好，杜老尷尬地說了：「要出去麼？」杜雪羞澀地點點頭：「嗯！出去採點兒香草回來，我的供應商出國了，只好自己去後山採些回來應應急，您需要甚麼嗎？我順便幫您帶回來！」杜雪和杜老在共有的屋簷下一起生活了二十年，仍生份得緊，彷彿新來乍到似的，客客氣氣地沒有些許家常，倒像是屋主與房客的關係。

原本不知如何選個恰當時辰請示方哲登門拜訪之事，難得和杜老說上話，杜雪趕緊壯膽開口：「我有朋友要來，上回在郵局碰到的那個，您已經見過了，他要解說一個新的訂單設計，我邀請他來家裡吃晚飯，明天您會在嗎？」杜老不置可否地看向窗外，天氣陰陰沉沉地，隔了好不會兒才悶悶地回答：

「妳長大了，自己做主吧！要我迴避就說一聲，我去研究室找老朋友聚聚⋯⋯」

杜雪鬆了口氣，來不及驚訝杜老奇特的反應，立即開心地邀請：「我的朋友想正式拜訪您，上回他覺得唐突冒昧，希望您不介意，我出去準備一些材料，這次旅行學會了做西洋菜，您順便嚐嚐！」

穿越日本式長廊，杜雪走下玄關套上球鞋，院子裡的芍藥鮮薄翠嫩地開了花苞，前天夜裡回來沒注意，這只有深山裡細心呵護才得長成的稀有植物，竟然照顧得這麼好，杜老的纖細只顯露在他對芍藥的偏愛裡，他說：「芍藥賽芙蓉，冰心勝薔薇，薄翠乃上品，脂玉羞綠蕙！」小島上也只有這園子裡才長了比芙蓉還嬌貴的翡翠芍藥，不知道杜老是上哪兒弄來的秘訣，還虧得他日日守著，這麼單薄粉嫩的品種，就算要到了也難保全。

霧氣濃重，更讓這賽芙蓉般的芍藥嬌滴滴地晶瑩，杜雪忍不住?鼻聞那似有若無的清香，越發地讓人陶醉，初春真是個討人愛憐的季節。彎到後院的小徑，還沒上坡就發現後山已被櫻花鬧得滿天粉白，路兩旁的杜鵑緊緊地擁著隨時掙脫的艷紅，好個驚人的迷濛山色，把杜雪嚇傻了，從灰濛濛的非洲、中東、印度回來，才恍然醒覺住在仙境裡，真是慚愧！

這兒的香草種類原本不多，自從方哲固定供應杜雪各種配方，杜雪就很少到後山來，好美的山景，只可惜濕氣太重，冷冽得禁受不住，隨意摘了些七里香、薰衣草，還是方哲送的種苗，忽然發現桂花居然開得好盛，這乍冷還熱的天氣，真是把生物都弄糊塗了，杜雪忙不迭地裝了一口袋的桂花，好誘人的香氣，食慾都湧了上來，腦子裡浮現幾道美味，幾分亢奮教人不安起來，轉身拐進小路回家時，倒有一二話別的不捨況味，也許，明早再來探訪這初春的仙氣。

冰箱裡有杜老喜歡的整條羊肋排，抹上少許鹽和薑、蒜粉，將絞碎的七里香泡進淡味醬油，再刷上羊肋排晾在一邊，烤二十分鐘應該夠了，等客人到了再送進烤箱，生菜水果沙拉加上薰衣草佐餐，會是賞心悅目的一道菜，至於桂花，只好先人工烤乾，再用來做甜品，冰糖銀耳、蓮子灑桂花，配上黑芝麻小餅，再煮上一壺大吉嶺奶茶，還是杜雪才從印度帶回來的，密封得很好，香氣還很濃郁。

杜雪剛把漿妥燙平的純白檯布鋪上餐桌，門鈴就響了，手裡抓著第二層深藍色桌巾，神經質地衝到門邊，杜老剛巧打開房門說：「我來……」杜雪一時尷尬地不知該開門還是回去安排餐桌，門鈴又響，杜老已經把門打開來，三人杵在門口，杜雪居然招呼也沒打就轉身回去廚房，聽到杜老把方哲迎進客廳，難得見他這麼有禮貌，互相介紹自己的工作，規規矩矩地攀談，杜雪把七里香羊肋排送進烤箱，忍不住笑了，怎麼這樣失態，連方哲長甚麼樣子都沒瞧清楚，就躲進了廚房。

杜雪拿出三份餐具，在藍色桌巾上擺好乳白餐盤後，灑上園子裡採下的紅薔薇花瓣，綴飾幾片翠玉似的芍藥，點上兩檯墨綠長蠟燭，中央放一大束雪白撲鼻的野薑花，再端出一大盆紅紅綠綠的蔬果沙拉，倒了三杯私釀洛神梅子甜酒，便走進拉上嫩黃薄紗窗簾的客廳，靦腆地看著那既熟悉又陌生的男子：「晚餐準備好了，麻煩移駕餐桌⋯⋯」那滿臉絡腮鬍的大眼濃眉向杜雪微微一笑：「我聞到香味兒了，看來今天口福不錯！」方哲從水藍格子布沙發起身時，杜雪才發現方哲細長瘦削的身形和杜老的矮胖剛好構成一幅滑稽的畫面，抿嘴想笑，卻正巧迎上了方哲深邃的眼神，不自覺地轉身躲開：「你們先用，我去準備義大利麵，羊排快好了⋯⋯」

方哲沉默地坐上餐桌，無視於一桌子的擺飾，彷彿早已熟悉這樣的陳列方式，自在地享用，杜老卻也視若無睹地大吃大喝，由於作息時間和飲食習慣不同，他很少和杜雪一起用餐，分辨不出特別之處。

杜雪用各種帶香氣的蔬菜絞碎成義大利麵拌料，把拌好的麵分裝在淡薄荷玻璃盤裡，灑上紅辣椒末、起司粉，右側緣放幾片薄荷葉、幾粒小蕃茄，把羊排從烤箱裡拿出來擱在料理台上，端起香噴噴的麵，這兩個男人剛巧舉杯喝甜酒，一副等待主食的模樣，杜雪放下還在冒煙的義大利麵，收走兩個空盤，他們已老實不客氣地吃將起來，杜雪在廚房切羊排時還聽得到吃麵的呼嚕喳喳聲，暗紅色的瓷盤裡各放上五片羊排加上新鮮的洋蔥絲，擺幾片酸黃瓜，把羊排放在埋頭吸麵的兩個孩子似的男人旁，杜雪坐到方哲的對面，在自己的白瓷盤裡裝沙拉，慢條斯理地吃著，心裡安靜了下來，她不再畏懼這陌生的男人，反倒盯著他的鬍子研究是否沾上了菜屑、肉汁甚麼的，也許增添一些滑稽相，杜雪會更自在些。

「妳自己不吃羊排嗎？」忽然抬頭看到杜雪沒有繼續進食的意思，方哲油亮的眼珠子看著正在玩刀叉的杜雪，杜老拿起水藍餐巾抹嘴：「她不吃肉，是草食動物，你不知道嗎？」杜雪眼裡閃出幾許失望，方哲沒聽見似地把臉望向廚房：「嗯！可以參觀妳的廚房嗎？窗景真不錯，好像比客廳的景觀還好，怪不得妳那麼喜歡躲在廚房…」說完捉狹地看了杜雪一眼，推開椅子走進廚房。

「我先把湯拿出來，抱歉！」杜雪急急忙忙走進廚房，三球芋泥放在仿明朝鮮黃的瓷碗裡，湯碗碟是搶眼的金黃色以及同色系的湯匙，爐子上熬著胡蘿蔔漿泥，方哲看著杜雪把黏稠的胡蘿蔔湯汁淋到芋泥上，再灑少許新鮮的薰衣草末，香噴噴地端了出去，方哲也幫著端了一碗，「這些瓷器是交換來的作品，網路工作的好處就是認識各方好手…」杜雪注意到方哲的驚訝，對他的景仰打了折扣，開始輕鬆起來，卻看見方哲凝重的臉色示意，杜老眼神渙散地抓著湯匙停在半空中…

方哲一把抱起杜老：「不能再等了，妳趕快把銀河飛馬上線，今天晚上就得把杜老送走，他只剩下萬分之一的能量，還好，剛巧有微量的射手座流星雨，線路直達，否則是沒指望的了…」從來沒進去杜老的房間，堆滿了書，連床上都疊了一圈，杜雪趕緊搬走，讓方哲放下杜老，再打開他的電腦，跟自己的網路連線，在杜老的太陽穴貼上導航磁片連上網路，杜雪衝回房間備妥銀河飛馬，還要四十九分鐘的七次虹彩旋轉才能讓杜老上馬，方哲在杜老的電腦裡輸入隨身帶來的程式，螢幕上立刻顯示銀河系的交通狀態，方哲必須找出午夜金木水火土的分佈圖交給杜雪設定銀河飛馬光譜旋轉程式，否則杜老很可能會消失在銀河不知名的城市裡。

等待銀河飛馬運轉的時間裡，方哲不停地在杜老耳邊唸唸叨叨，氣若油絲的杜老居然還有力氣點頭，這一刻，彷彿老友送別，杜老的眼角落下杜雪生平第一次見到的一滴淚。杜雪握起杜老的手掌，用紫色螢光劑在掌心各畫下一朵Iris，這螢光劑是用香草精油粹煉，可以維持杜老旅途中的精神不渙散，杜雪把杜老的十個指頭尖都塗滿了精油，怕他餓著似地。

當銀河飛馬從紅橙黃綠藍靛紫七彩轉成白光時，方哲運用銀河飛馬發出的磁光，將杜老從自己的程式送上杜雪程式裡的銀河飛馬，銀河系的螢幕閃出流動的點點星光，舖上一條軌道似地連成磁波，只可惜流星雨稀稀落落地不穩定，杜老還有一番波折，所幸他能量已低，不會有太多的痛苦。

一夜折騰，當飛馬化成白光消失在射手座時，方哲才吐出一口氣，杜雪淚汪汪地看那遙遠的星河，百感交集，但願杜老能立刻找到好醫生…雖然兩人相處得十分淡漠，落單了，虛浮的空茫還是讓人莫名感傷。

「去休息吧！我改天再來找妳，謝謝妳的晚餐⋯⋯」他就這樣走了，剎那間的熟悉立時又比往常更寒冷陌生，好像十年來的殷勤往返，就只為的是這責任性的一夜。

「若有重要事，上網和我聯繫，我還有很多事情要處理，恐怕很久以後才能來看妳，好好照顧自己！」杜雪打開門，再輕輕地把門關上，疲累地躺在床上，卻無論如何無法闔眼，就這樣失眠了三天⋯⋯

她開始自己培養香草，定期參加旅遊，後來自己一人旅行，她不打算主動聯繫方哲，心裡明白只有讓方哲發出訊息才會是有效的訊息，顯然，這才是真正的訓練師，那晚，杜雪的右腦藍線已經告訴她了⋯「自己先找到回家的路，訓練師才會拿出程式來，否則就是無盡期的等待！」

旅行中，每回望著閃耀的星空，都讓她忍不住落淚⋯⋯

第二部

食色小品

菜餚裡的活色生香

一道菜，
可以很簡單，
也可以豐富多變，
更可以非常煽情！

現在的人大都不進廚房，是一項莫大的損失。各種大宴小酌的便利，讓我們平白損失了許多親密關係建立的機會，幸與不幸就這樣互相戕害著。

許多電影裡一再重複的畫面，讓人百看不膩的通俗動作，就是【男主人下班回家，期待地走進廚房，女主人忙得興致勃勃，背後伸過來一雙色情的手……】也許還有孩子們興高采烈地圍在餐桌旁幫忙張羅，每個人都飢腸轆轆地聞香等候，小女孩羨慕地要求協助烹飪，或佈置大快朵頤時的必備氣氛，即使只是點幾根蠟燭而已，那柔和的光線與溫潤的音樂，就是有魔力，吸引女妖來與你調情，信不信由你！

一道菜，可以很簡單，也可以豐富多變，更可以非常煽情！

就好像一群人有默契地唱誦，一個聲音揉進另一個聲音，水乳交融，有如男女肌膚相親的極致，貼著貼著就你我無法分割地癱瘓在一起，化成一縷永恆的輕煙，深深地埋進每一格細胞裡，怎麼也無法清除了。調理菜餚的過程，也是有色又有情的活動。

做愛忌諱重複，做菜更是不能變成例行公事，那會一次次地磨滅再做的興致，直到再也不想碰了。有位上門的食客就陰森地告訴我：「你要是像我一樣每天都必須回家煮飯給一家老小吃，恐怕也不會那麼愛做菜了，哪兒來這麼多的創意，我都不知道要做甚麼菜才好，一想到要回家做飯就覺得累。」

其實，做菜不一定要花許多時間精力，若能變成遊戲，保證你願意花更多的時間去經營。

有本事讓你的食客們（一家老小）等候，這期待的過程就可以變魔術，讓那群期待的人變成玩具，就有可能心甘情願地變成工具。音樂、色彩、家門口撿來的落葉或偷摘的甚麼，燈光要戲劇化也不難，鼓動你們家的男人變男巫，再悄悄地賞罰。每天都吃不同的東西，即使有人點餐也不必全理，選擇性地給予，意外的喜悅才會發酵。吃飯不是為了『飽足』而已，絕對不是，就好像生存並非為了活下去這樣簡單，不是嗎?否則也不必苦惱自己的『貧乏』啦！

記得國外朋友常常嘲笑台灣『吃到飽』的飲食文化，好像吃飽變成『沒有吃虧』的往來邏輯，一個進步的文化必須擺脫這種『貧窮』似的思維，才有可能發揮創意，一個塞滿了的腸胃與腦袋，如何有空間製造浪漫。

沒錯，浪漫是奢侈品，卻並非昂貴。

若能充分運用手邊的每一丁點資源，廢物也可以變成裝飾品，垃圾就是養分，而不是把養分變成了垃圾。

煽情在心裡，需要營造，非物質能夠取代。

一場食色遊戲

要如何從採買、洗滌、烹調、佈置到上菜、饗宴的過程裡獲得食慾與色欲呢？妳只要把自己變得很可口，剩下的就交給他。

要如何從採買、洗滌、烹調、佈置到上菜、饗宴的過程裡獲得食慾與色欲呢?

妳只要把自己變得很可口,剩下的就交給他。如果他很大男人,妳就讓他參與把自己變得很可口的過程。如果妳很大女人,就要想盡辦法擄獲他,保證他銷魂蝕骨,完全不介意自己變成毛毛蟲。

出門保守,在家暴露(甚至在家裡也不可經常暴露給人看),是一種色情的演化。赤裸不見得有色誘的效果,失去了想像空間,已達終點站,不知道接下來還能做甚麼,等於把『剝除』的樂趣給繳械,也就瞬間冷感起來,而且,這種片面的肉欲侵犯,缺乏互動關係的情感,很難有持續力。

匆忙進出超市是件非常可惜的事,跟縱欲幾分鐘一樣遺憾。

超市裡有無限的可能性,進出口貿易的暢通,讓我們見識到傳統市場裡沒有的風光與便利。當然,傳統市場也有自己不可取代的樂趣,絕對不亞於服飾血拼所能取得的滿足感。食物從生產、加工到烹調者的手上,已經溜過了無數雙手的祝福加持力,藉由這項無邊的祝福,我們用來色誘家中的老小。當然,逛超市的嬉戲也可與親人共享，那麼，人人都參與了製作的工程。

清洗蔬菜、水果、肉品，可以當作清洗自己或親人的肉體嗎？如果能在廚房裡來點交響樂，很可能會產生這樣的效果，在清潔的過程裡善待它們，那可是即將下肚的美味呢！

即使我只想做一道相當偷懶的義大利菇菌麵，都要用同等的精神去享用。煮麵洗麵（冷水清洗煮過的麵才能保持彈性，是否與做愛雷同？）的過程中，把番茄、洋蔥、香菇、金針菇、鮑魚菇備妥，與自己喜歡的各種香料與橄欖油、奶油、鮮奶悶煮十分鐘後，放入麵條拌勻後加入起司攪拌即可。裝盤時，勿忘用新鮮的香菜、生菜與蘭花或者有香氣的玫瑰花瓣裝飾，不然，就要花時間另外準備生菜沙拉噢！

一小鍋濃稠的七味南瓜湯，也只要十分鐘。調味料要發揮創意，每次都不一樣，就可以偷懶重複製作，還可引起黏膩的依賴與期待，就算自己偶而惹人討厭，也可用這鍋『獨味』釣他回來。

點蠟燭、聽音樂會花很多錢嗎？妳說呢？相較於其他不必要的浪費，這種巫術式的療程不可免。至於餐桌上的裝飾，左鄰右舍落下的花草都可以撿來用，多多利用碎花布與餐巾，香氣的搭配，設計得當，能不勾魂嗎？十萬里外也叫他記得妳，完全不需要邀請職業巫婆來進行巫術，太遜了！

保持做菜的『不同』品味，至少娛樂了自己。那麼，妳臉上的光彩自然引人。

食色借用眾人之力調情

找人吃飯，
是治療「憂鬱症」的最佳利器，
練就一手治百病的廚藝，
就是最好的神仙丹藥。
廚房裡能夠產生的巫術，
遠遠超過妳的想像。

獨樂樂不如眾樂樂，絕對有其道理，這是不論任何一個星座都樂意做卻經常不得其門而入的普羅生活趣味，即使是孤僻成性的人也希望能夠與臭味相投的老友分享『孤獨』。

食物與餐宴是可以歸類的，就像一塊兒玩耍的朋友會因時間、地點、氣味而產生不同的對象，宴客也必須區分出好幾種不同的族群，客人裡有互相『話不投機』者，豈不掃興又尷尬，除非妳刻意想『仲介』甚麼。

對宴客不熟悉的朋友切忌在家裡舉辦『目的性』的餐敘，這樣會容易砸鍋，也毀了自己大宴賓客的樂趣。常有朋友問我：「今天甚麼日子，幹嘛請客？」經常答覆：「心情好、想做菜，找你們來當白老鼠。」有時也會嚇嚇人：「欸！我發明了新的做菜方法，來試試看吧！」「快來幫忙吃剩菜！」「我買到奇怪的香料！」，即使妳想要讓某人認識某人，也必須讓吃飯還原成『純吃飯』，人家才能專心地享用妳費心打理的一餐，那麼，也許肚腹圓滿後，發酵了，生產出改變『基因』的非凡創意也說不定，至少，心情好，不會讓無法理解的『不願』製造難堪，也才能放寬心來『看』人，就是日本人常常掛在嘴邊的『Kimogi』。

不被客人『驚訝』的神色所娛樂是騙人的，若能經常享受家人、朋友『讚嘆』的眼神，即使他們假裝鎮靜，也會被『汗流浹背』的妳掃描到，便成功地找到了『食色』驅動程式，激發妳源源不絕的餐宴創意。

經常請客，豈不瘦了荷包？

請問外食的餐費有多少？妳如果真懂得精打細算，在家中大宴小酌一個月的費用，幾乎等同於外出覓食的消費。那就不必提妳賺取的親情、友誼與『親密關係』啦！更何況這些經常登門的饕餮會如何增加妳做菜的材料與『具體』的素材了。就算很不幸地被『摳門』的親朋好友所環繞（也許人家只是慢半拍呢！），人家也貢獻了腸胃做白老鼠啦！

造就非凡手藝，需要不斷地練習，沒有了重要的食客，便寸步難行，除非妳很想『自肥』。

經常邀宴不同品味的親友，更能激起意外的心得，甚至在客人未登門以前，妳已經想到專為那『刁鑽』食客打造的饗宴，反而先帶給自己一番驚喜。

找人吃飯，是治療現代流行文明病『憂鬱症』的最佳利器，比甚麼藥都有效。而任何藥物皆有後遺症，只有吃飯是必備良藥。練就一手治百病的廚藝，就是最好的神仙丹藥，神醫都會來找妳呢！

廚房裡能夠產生的巫術，遠遠超過妳的想像。那句『綁住男人的腸胃』，絕非虛言。

擺一場誘惑滿室的香豔饗宴

越自由的想像，
越能揮灑煽情的表白。
若能拈花微笑，
表示妳進入了時時刻刻的律動，
不會停留在任何枯萎的哀傷裡，
那麼，隨手製造煽情，
便是回贈宇宙的最佳報償。

滿室春光，就是這個意思：「走進屋裡，聞到、看到的氣味兒，都是一場『色誘』陷阱…」，有誰不願意掉下去呢？

搭配適宜的精油、蠟燭、花草與空氣中飄遊的樂曲，是不可缺少的配備。妳開始擔心廚房裡的味道破壞氣氛嗎？只要氣味搭配恰當，多多磨練使用不沾鍋與悶煮的技巧，善加利用各種香草配料，保證穿梭客、餐廳與廚房之間都令人舒適愉悅。

除了建國假日花市外，花卉批發市場裡應有盡有的驚奇不可不經歷，價廉物美，又可激發許多的聯想，善盡巧思，五百元以內便能讓人目醉神迷。如果妳想節省開支也不難，多走幾步路，台北街頭會發現許多免費的驚喜，偶而扮演拾荒人，既開眼界又意外獲得瘦身健康的運動，一舉數得。

由於炎熱夏日難以維繫嬌貴的花卉生命，我曾經將朋友送的玫瑰花束分割，把花朵齊頭剪下放在水盆裡延長壽命，又把摘除的花梗與葉片分離，放置直挺挺的花梗後，遍撒葉緣靈巧的玫瑰葉瓣，便裝扮了餐室燭光搖曳的一角。越自由的想像，越能揮灑煽情的表白。

生命皆有情，我便情意無限⋯

想要從容不迫地遊走在廚房與餐廳之間，除了營造舒適的工作氣氛外，隨時保持清潔是必備良方，絕不可因為忙碌而任由棄置的垃圾飛舞，沒等客人掃興，自己就洩了氣。其實，隨手收拾是挽救妳餐宴過後的疲憊，才不會輕易地被張羅『宴客』嚇倒。

事先想像佈置的樂趣，也可減低張羅巧思的壓力。將想像中的烹調料理一一寫下，並將可能發展的遊戲空間自己先玩耍擺弄，宴客時便遊刃有餘了。

不善廚藝的人，不妨嘗試慢火燉煮的鍋品，再搭配簡易麵食，從不易失敗的烹飪方式烘培走進廚房的信心，循序漸進地由簡入繁，以燭光、花草、音樂來矇騙食客，等摸熟了果菜的脾氣，與火爐相處融洽之後，才大展身手。先色誘成功後，再以食誘，成功的機率高些。畢竟，爐火不講情面，擺設卻是可以隨機應變地等待，悅己悅人，容易討好。

萬世萬物的無常，正是最美麗的生命景象。不停止的變幻，產生了不停息的生機與創意無限。若能拈花微笑，表示妳進入了時時刻刻的律動，不會停留在任何枯萎的哀傷裡，那麼，隨手製造煽情，便是回贈宇宙的最佳報償。

食物的色澤變化裡，有大地最美妙的曲目，等妳去編織。

食色性也

愛玩的廚娘絕對不會變成黃臉婆。
活色生香的饗宴，
若玩得爐火純青，
不僅身心健康，
激發食慾之餘，
必然也牽引了色欲，
這樣的健康才徹底。

饕都知道：好不好吃，看顏色就心裡有數。好不好看，完全不亞於好不好吃在餐桌上的重要性，因為眼睛已經先通知妳要不要吃啦！

一道做得好吃又好看的菜餚，絕對值得妳費點心機把它『呈』得更美味十足。

摘除的菜梗菜葉或者路邊撿拾的花草枝葉，都可以用來裝飾。我們居住的城市並不如想像中的荒蕪，即使是購買花卉的殘餘枝葉，依然在餐宴上扮演畫龍點睛的角色，多點心思就換來無邊春色，那揮汗烹調的料理便能充分地色誘食客。散步去菜市場的途中，不妨抬頭瞧瞧，順便低頭掃描，玩幾分鐘拾荒遊戲，給辛勞中的妳一點驚喜，這一趟採買、撿拾、洗滌、裝置、烹飪之旅，不輸給旅遊中的樂趣。

營養又好吃，任誰都知道，然而掌廚者的心情好壞，多少也決定了食物下肚時可能造成的『健康』。大廚是否勝任愉快，那情緒的流暢不但影響食物的可口，甚至也騷擾了食客的消化機能。因此，若非進廚房不可，就有責任教自己『心甘情願』。

將煮飯做菜當作一場遊戲，玩得高興，便也吃得愉快。

若能進一步將Shopping、Cooking、Setting、Eating變成Seducing，讓這場越玩越得意的遊戲演變成色誘一家老小的工具，不但生理健康，心理也一起健康，才是長久的健康之道。

當妳認為蔬菜、水果是有靈魂的，那麼花花草草都跟妳在精神上有越來越密切的溝通，這些天然的五顏六色開始點燃妳巧奪天工的慾火，不等客人讚嘆，自己已經興高采烈得神采奕奕了，渾然不覺刀起鏟落的辛勞。

愛玩的廚娘絕對不會變成黃臉婆。

長期健康的烹飪方式，即避免油煙以及養成隨手收拾的良好習慣。盡量使用不沾鍋並善用鍋蓋，既輕鬆又節省時間，而保持廚房的整潔亦能維繫進廚房的情緒，至少，不會讓鍋碗瓢盆造成精神上的負擔，思緒的美感較容易發揮，不需絞盡腦汁就可以享受料理樂趣，這時，廚房裡的音樂才能按摩忙碌的廚師。

空間的裝置藝術，比想像中更具影響力。廚房與餐廳之間的聯繫，彷彿母與子的臍帶，是輸送生命養分的關鍵，色調、光線與綠色的鮮活擺設，將神奇地賦予掌廚者下廚的必須能量，而適時的音樂更適切地安撫了掌廚人的律動，培養烹調創意的生命於焉長成。

如果，妳能夠讓進門的食客產生『哇！』的欣悅，便掌握了『食色』的竅門。

香氣、音樂、擺設、燈光與色調都是陪伴美食不可或缺的必要條件。妳說：浪漫是奢侈的。沒錯！但是浪漫既不昂貴也不費時。點幾根蠟燭，燒幾滴精油，放一張好聽的CD，插兩盆紅花綠葉，也許，一個便當盒的價錢就可以辦得到，只是妳願不願意『斤斤計較』而已。

活色生香的饗宴，若玩得爐火純青，不僅身心健康，激發食慾之餘，必然也牽引了色欲，這樣的健康才徹底。

嚐到冰淇淋之前，必然是眼睛先吃冰淇淋，食與色的互相依存，便驗證了孔老夫子說的：食色性也！如是，勿須煎、炒、炸，依然美味百變，就可避免危害健康的飲食方式，既滿足口腹之欲，又不增添肉體負擔，兩全其美。

認識蔬菜的特性與各種調味料的作用，製作出沒有脂肪的湯頭，依然齒頰留香，便是成功的第一步。

肉食者，可運用腿骨、魚骨或干貝熬製高湯，過濾去油是必要程序。素食者，馬鈴薯、胡蘿蔔、番茄、洋蔥甚至蘋果與梨，都是最佳的高湯材料，再加上起司的運用，十分鐘就能變出香甜的素湯。味噌也是很好的湯頭素材，任何蔬菜都能與味噌契合，完全不需要一滴油脂，就十分可口。

多逛幾家超市，有如發現新大陸，各種奇奇怪怪的調味料都大膽地拿來嘗試，慢慢釋出自己的獨門口味，接近『理想』的可能性將超出妳的預期。

天下沒有不會做菜的人，只有不肯進廚房的『偽君子』。

只要有味覺，肚子會餓，就沒有不會玩弄柴米油鹽醬醋茶的道理。五步一家便利商店，拐角連環小吃店，隔街就有館子打牙祭的日子，標準的福禍相倚，讓許多人失去了烹飪的機會，更無形中損及親密關係的維繫，不但平白錯失磨練廚藝良機，同時也錯過最價廉物美的『公關利器』，還打掉了人生最精采的『尋歡』舞台。

吃得飽，不如吃得好，但還是比不上『吃得妙』。色香味俱全，不僅僅是發揮菜餚的極致，若擴展到餐桌上的視野，甚至照顧到色、聲、香、味、觸五蘊的覺受，通體舒暢，叫每一個細胞都醒過來舞蹈，這蔓延的健康，就連上山下海地跳躍也比不上。

招兵買馬地在家中大宴賓客，可能遠勝於逢迎拍馬或通宵達旦賣命想要達到的效果。至少，承歡爐火，先照顧了自己的身心福利。

舔噬身心合一的甘露

裡裡外外地敞開身體裡的宇宙，
真正找到變化燦爛的甘露，
滋潤必須經歷生老病死的生命，
品嘗到不虛此生的精華。

人體的分泌物，不僅僅只是化學成分的結構而已，妳可以當作是廢棄的排泄物，妳也可以將之視為綜合情緒產生的腦內啡，這是人體製造的天然快樂丸，已經被發現的有二十多種，除有鎮痛、抗壓作用外，亦能增強免疫系統，並可有效防止老化，且無任何副作用。唯一的缺點是，有效期不長，因此，必須持續地生產，才能維持健康快樂的狀態。

那麼，妳已經可以猜得到，除了各種食衣住行的快樂方法外，最有作用的激生腦內啡方式—性！

義大利詩人Eugenio Montale（1896-1981）的求愛詩中，有大膽而卓越的陳述：

我對妳有如許的信心
這會是海枯石爛
直到超越毀滅的一線曙光
在我們堆砌的無限荒蕪裡
將在我不知道的地方發現我們

合情理的說法是沒有這樣的空間
商討特定的疑問
來自預言似的詩句
我理解超越視覺與實體
生存無解，然超越生命
也許是死亡的另一種面貌
我們長年累月深鎖的
我對自己有如許的信心
而妳無意間點燃
或有意地，在此生命的每個災難裡
就在陷阱的門口，未察覺地
也許正在等待我們
陷落且無能

賦予一點意義
我有如許的信信這將燒毀我；必然
看到我的人會說：他是殘輝餘燼，
而不明白這其實是重生。

妳一定會充滿疑惑地問：甚麼是會帶來重生的甘露？其實妳很清楚。但我們從小被教育成「畏懼」並「嫌棄」性，有些人可能一輩子也未曾好好看過自己的身體，那麼，妳又如何能夠有效地觀察「他」，並與之共舞？甘露！對妳而言，變成了必須丟棄的垃圾，卻不敢動手清理。

「諸法空相……不垢不淨……無掛礙故無有恐怖……」很清楚地解釋了，宇宙之中，萬象俱空，因而變化萬千，若能以同等心對待妳清楚體悟到的污穢與乾淨，就不會有掛礙，也不會產生恐懼……，妳才能裡裡外外地敞開身體裡面的大小宇宙，真正找到變化燦爛的甘露，滋潤必須經歷生老病死的生命，品嘗到不虛此生的精華。

挑逗春心百樣情

你可以，
也應該，
始終將伴侶當作
剛認識的戀人，
以迎接女神的崇敬心情
來膜拜她……

「力不從心」是很多中年危機的最佳寫照。並非不想，而是疲乏或疲倦了；並非不能，而是失去了持續的動力與興趣，體力，其實只是個想像出來的藉口而已。

曾經聽過朋友說：「不是無能，換個人做就對了！」這種換湯不換藥的方式，並不能真正解決問題，一時的新鮮也許解了「燃眉之急」，換得越多越容易染上「做愛後的感傷」症狀，興趣缺缺，就像吸毒一樣，越吸越麻痺，到最後一病不起，換什麼樣的人、吸哪種毒都沒有用了。

最好的辦法，就是學會挑逗的技巧，並且不斷地發現與創新，從挑逗中認識彼此的「未知」，找到愛人其他各種未發現的「新面貌」。也就是說：先換掉自己，而不是換掉別人。

你可以，也應該，始終將伴侶當作剛認識的戀人，以迎接女神的崇敬心情來膜拜她，那麼，你的每一次都會很興奮激情，她，更因此呈現自己也從未認識的神祕，以神奇的動力來親吻你，讓你銷魂，你就會更願意再一次又一次地膜拜她。

古巴詩人Jose Marti（Cuban 1853-1895）用靈魂的視窗來換取性愛的讚頌，寫下「我的靈魂之樹」，幾句邀請女神般的戀人絮語，彷彿謬司駕臨：

就像飛越無雲晴空的那隻小鳥，
我感覺到妳的思緒飛像我，
在我的心窩築巢，
我的魂魄綻放如花；花枝亂顫
像少年的紅唇，
第一次擁抱美。

在這樣激情的歌誦下，哪個女人不會心動？

挑逗，需要心思，卻不花費很多。先讓自己春情蕩漾，即使只遞出一朵粉紅薔薇，也能傳送柔情無限。因此，挑逗的先決條件，就是先激起自己的內在慾望，否則，就算買一朵紅豔豔的玫瑰，也無法引起丁點興趣。而，就在你想方設法地刺激自己同時，便已經找到萬金不換的「荷爾蒙」了，這是任何藥物都無法取代的「珍料」。

撩撥生死不絕的慾火

性，只有在撫摸之後，
展現多種風貌的光華，
如同生命再造，
不斷地浴火重生

我們最熟悉的熱戀進程，總是從羞澀的欲拒還迎開始的，那時候的「觸摸」，完全是想像力營造的神奇空間在發酵，也就是標準的「意淫」，任何一個隻字片語都可以透過戀人們的創意，進行意識上的交媾，這種文字上的愛撫，可能比實際接觸還刺激，延續性也更長久，典型的藕斷絲連。

距離，是欲求不滿的渴望，還是更具爆發力的前戲甚至正曲，恐怕只有長久培養「閱讀」習慣的人才能體會其中奧妙。

俄羅斯人Alexander Pushkin（1799-1837）寫的一首無題詩裡表白了慾望的「反芻」神效：

不，我不會錯過這夜夜笙歌
青春年少酒神女的呻吟又叫喊
在我手臂中蠕動如蟒蛇
這時，惡狠狠的愛撫與啃咬
她催促這最後的抽慉
妳是我最親愛的，我沈默的朋友

和妳在一起是如此疼痛地快樂
如此長久地屈尊
應我所求，溫柔地
毫不意亂情迷
冷靜、難為情，幾乎不回應
我的輸送，妳的唇，妳的眼迴避這些
越來越甦醒，直到
終於妳違背自己的意願來分享我的快樂

這份回味，能夠產生腦內啡，恐怕比看真刀實槍的限制級影片還威力無窮。

性，只有在撫摸之後，展現多種風貌的光華，如同生命再造，不斷地浴火重生，一層層地撥開處女地，真正看見「肉體與精神」的神祕連結，撩撥閃爍暗夜中的星光。

輕輕地，如同吟詩般，溫柔又大膽地耳語，這比嗎啡、鴉片還銷魂，世界上沒有任何一種藥物比得上自己在身體裡面找到的「天然分泌物」。妳絕對辦得到！

訣竅是：坦然前進，讓每個細胞都覺醒。

挑釁是激情點的直達車

若不理解挑釁的樂趣，
是性生活的損失，
就像初嚐情果的小男生，
總是喜歡欺負暗戀中的小女生，
既愛又恨那股被挑起的莫名傷感……

若不理解挑釁的樂趣，是件性生活的損失，就像初嚐情果的小男生，總是喜歡欺負暗戀中的小女生，既愛又恨那股被挑起的莫名傷感，明知其癢，卻不能搔的痛苦，可想而知那五味雜陳的尷尬，是多麼地討厭卻又如此地有趣了。

拿捏挑釁的分寸，便是達到引起注意的效果，最高明的挑釁向是扎針放血，拿準穴位搓下去，雖痛，卻舒暢，那種抒解的歡暢，會讓人錯以為，血放得越多越妙……這也是另一種耽溺的危險，不知險處何在。

德國巴伐利亞1864年加冕的最後一任國王Ludwig II，英年早逝，是個多愁善感又內向夢幻的末代皇帝，熱愛音樂、戲劇、藝術，並親自設計打造了至今仍為重要觀光景點的天鵝城堡，其性生活一直是個被猜測的謎，而他始終愛慕的表姊伊麗莎白則說出相當經典的名句：「你對我鍥而不捨，是因為你明知我是那永遠得不到的目標……」不斷在生活、政治與情感上挑釁Ludwig，伊麗莎白得到的是永不變質的熱誠摯愛，以及Ludwig唯一「公開」的性幻想對象。她成功的挑釁，他陷溺的無法自拔，不論是自殺或政治謀殺，都是孤絕而死。

墨西哥詩人Roman Lopez Velarde（1888-1921）的「紫紅班漬」如是呈現被挑起的情慾痛苦與歡愉，正清楚地說明了距離與遮掩的挑釁，是如何將慾望推升到高攀的頂點：

我一天天地傷害自己
見不到妳的酷刑戕害著，終於
雙眼瞧見了妳，便氾濫成災地填滿妳
好似我淹沒在紫紅的海洋中，
被音樂與深情吞噬……
在愛戀的叢林中，我是鬼祟的獵人
我緊密地悄悄靠近妳，在睡著的葉片間
有如狩獵一隻光彩奪目的鳥……
親密關係的距離，就因為挑釁，而產生神祕的連結……。

愛的牧羊人

我聽過最真實浪漫的性愛之旅，
是少女每次前往私會途中，
心中都充滿嬌豔欲滴的期待，
即使分道揚鑣多年，
仍念念不忘……

我聽過最真實浪漫的性愛之旅，是少女每次前往私會途中，心中都充滿嬌豔欲滴的期待，即使分道揚鑣多年，仍念念不忘當初品嘗到的服務，就算終生未婚亦不虛此生。她心中的滿足，竟然可以無限延續……

每一回，他都會準備精緻的食物，耐心等候，當她推開門的瞬間，室內燭光花影搖曳，馨香芬芳，已然舒緩了她的旅途勞頓與緊張。然後不發一語地，他協助她享受完鬆弛的梳洗，柔美的音樂早已悄悄地滑入耳中，他安靜虔敬地為她塗抹香膏並修剪私毛，有如伺候絕代風華的女王。在他綿軟欲醉之際，他才開始慢慢品嘗這籌備已久的佳餚……

這是我私交甚篤的老友閨房密事，她說：「他帶給我的性愛歡愉，已經飽和到看不見分離的痛苦，也沒有猜忌與佔有，彼此在遙遠的異地互相祝福……」

你或妳的魚水之歡請勿草草打發，記憶的酵素是很驚人的催情花，付出一分的激情與想像力，將回報幾十回歡愉。即使是老夫老妻，誠摯的邀約，耐心的經營與等候，如同香精抹身的愛撫，以及不可或缺的喃喃耳語……，都是性愛的必備要素。

你不需要很奢華，卻定然要很細心溫柔……，妳不必然要貌若天仙，卻必須懂得柔軟聆聽的享受……，那麼，肌膚之親，就會創造無可比擬的仙境。

英國詩人Christopher Marlowe（1564-1593）提筆寫下「激情是愛的牧羊人」時，心中充滿了渴望付出的熱情。

請來做我的愛人與我同住，
我們將以流暢的歡愉嘗試
山谷、樹林、山丘以及曠野
叢林，或險峻山巒產出的一切果實
我們將坐在岩石上，
看著牧羊人餵養群禽
在淺溪流洩瀑布處
聽靈鳥鳴唱情歌
我將為汝製作玫瑰床
以及千束芬芳花卉

編織花帽與長衣
以桃金孃葉來刺繡
從美麗的羊兒身上剪下最細緻的
羊毛製作長袍
纖美襯裡脫鞋禦寒
妝點純金扣帶
一條長春藤芽草帶
上有珊瑚扣子與琥珀鈕
若這種種歡愉感動汝
請來做我的愛人與我同住
牧羊情郎將舞蹈歡唱
這五月清晨的每一秒欣喜
若這種欣喜感動汝
請來做我的愛人與我同住

探索歡愉的國度

貼近與抽離的每一瞬間，
都像是舞一曲探戈，
亦步亦趨地鑽進
彼此的未知領域。

如果能夠讓妳激發腦內啡的同時，又維持了曼妙身材，妳還會猶豫不決嗎？妳最熟悉的愛侶，很可能是最陌生的情人！因為妳矜持、他保守，然後妳害羞、他害怕……於是，你們之間的親密，變成了履行義務。然後，很可能，一輩子都不好意思討論性高潮。

噢！妳很可能不明不白地做了「死魚」呦！

巴勒斯坦詩人Ibrahim Tuqan（1905-1941）的「困惑」，雖顯示出未達目的的渴望，卻也隱約透露了過往香豔刺激的驚豔與期待，若非她的「靈動」，怎能激勵這以「保守」聞名的國度裡，產生如此煽情的畫面？

我並不想變成鐵石心腸
還從她眼中抽離夢幻
慾望逼使我弄醒她
但我雙手畏避伸向她
睡眠似乎在她眼瞼裡找到歡喜
而拒絕離開它們

唉！我可憐的心呀！
怎能不被這景象摧毀
她全然地進入睡眠中
持續的嘆息發自她心間
慾望！不許打擾
她的胸臆
我哀傷至極地看到
她的髮絲飄落雙頰，
忍不住親吻這柔軟
我忌妒她如此享受安眠
那安臥雙臂中的激勵
我如戀人般飢渴的凝視
耐性以到了終點，我靠向了她

那嬌嫩過阻了我，我離開
畏怯地，期望跪在她腳下
我的靈魂在敬畏與慾望之間
撕扯
在這兩者中持續困惑
我的慾望是否到達了極限？
我已嚐到了她唇瓣的狂喜

貼近與抽離的每一瞬間，都像是舞一曲探戈，亦步亦趨地鑽進彼此的未知領域，讓祕密打從心海底自然流洩出口味變化萬千的蜂蜜，妳的身體就會意想不到地轉化成最可觀的柔軟甜蜜……，看著他的舔嗜與貪婪，妳就知道，汗水，已然成了甘泉。那麼，勿須召喚，他將一再攀登妳，雙方打造的顛峰，並像朝山般地虔敬，戰戰兢兢地打探妳的國度。

不讓慾火焚身

最高明的色狼，
就是把自己身上的火
延燒到對方體內，
等她也按捺不住時，
才半推半就地進攻。

男女雙方在近距離的接觸下，很容易地可以探知彼此的意圖，所有的偽裝與追逐都將因「登堂入室」而必須解除，到底是被迫還是出於自願的挑逗誘惑，當事者心裡有數，願或不願，即使很可能會在事後狡飾，現場發生的那一刻，彼此心知肚明。

我曾經經歷過被「好友」強暴未遂的驚魂畫面，徹底讓我體悟出兩性相處之道。

有人說，男女之間沒有友誼，這話有幾分真實。事實上，條件與默契相當的兩個人，不論是男女、男男、女女，都很難不摩擦出曖昧的情愫，而衍生出激烈燃燒的火花，但這看似迷亂難解的誘惑，必然要「短兵相接」嗎？

一個男人對慾火焚身之時，可以大膽勇敢地「侵犯」傾慕的對象，卻必須清楚地拿捏分寸與「時刻」。你可以幾近暴力地催逼對方繳械，以打開雙方障眼似地藩籬，進而討取她隱藏內心的歡喜，但仍應頭腦清醒地在臨門一腳前辨識：她真的喜歡嗎？否則，你就會糊里糊塗地變成大渾球。

最高明的色狼，就是把自己身上的火延燒到對方體內，等她也按捺不住的時候，才半推半就地進攻，既事半功倍，又可叫她無法抵賴。

我可以體諒一個男人被性慾焚身之時的掙扎，卻絕對無法原諒失控行徑。正常的男人，尤其是對欣賞的對象而言，即使是色慾當頭，也能夠清楚地理解「拒絕」的表示，並懂得維繫適當的尊重。因此，我原諒了那曾經侵犯我的男人，甚至欽佩他的膽識，仍保持友誼，但適當的距離也讓雙方都有了避免尷尬的空間。從此，學會了不製造誤會的「基本道德」，只要有暗示性地誘惑，就應該迴避冷卻，不然，就要大膽地負起責任，根本不需要別人來說明解析。

食色故事 Sensual Vision of Cooking

社長｜呂雪月
作者｜陳念萱
主編｜陳念萱
美編｜梁月品
一校｜劉悅娰
二校｜陳念萱
總顧問｜王星威
法律顧問｜羅明通律師
出版者｜甯文創事業有限公司　E-mail: ningfeifei9813@gmail.com
地址：106台北市大安區復興南路二段45號2樓

發行統籌｜華品文創出版股份有限公司　地址：100台北市中正區重慶南路一段57號13樓之1
讀者服務專線：+886-2-2331-7103　(02)2331-8030　傳真：+886-2-2331-6735
E-mail：service.ccpc@msa.hinet.net　部落格：http://blog.udn.com/CCPC

總經銷｜大和書報圖書股份有限公司　地址：台北縣新莊市五工五路2號
電話：(02) 8990-2588　傳真：(02) 2299-7900

製版與印刷｜仟業影印有限公司

2005年（民94）3月初版一刷
2011年（民100）4月再版一刷
定價｜NT$230

ISBN 978-986-86935-6-2
Printed in Taiwan

國家圖書館出版品預行編目資料

食色故事 ： 餐桌裡的情色 / 陳念萱文.攝影.
-- 再版. -- 臺北市 : 甯文創, 民100.04
面；　公分 ——（梵行路書系：04）
ISBN 978-986-86935-6-2(平裝)
848.6　　100004534